#좋아요의 맛

#좋아요의 맛

미나 뤼스타 지음 | 손화수 옮김

푸른숲주니어

차
례

세상을 움직이는
해시태그

　월요일 아침, 사회 시간이었다. 클라스 선생님은 수업을 하다 말고 뜬금없이 이렇게 말했다.

　"요즘 세상을 움직이는 건 누가 뭐래도 '해시태그'야."

　인터넷에 관심이 많은 선생님은 살짝 상기된 표정으로 아이들의 반응을 살폈다. 하지만 다들 그저 무덤덤하기만 했다.

　"금요일부터 새로운 과제를 시작할 거야. 그때까지 각자 SNS 상에서 자신을 표현할 만한 주제를 생각해 보기 바란다."

　선생님은 칠판에 해시태그를 그리고는 손으로 턱수염을 쓰다듬었다.

　"이번 과제를 하려면 먼저 어떤 SNS 채널을 이용할지 결정해야 해. 각자 자신에게 맞는 걸로 잘 선택해 봐."

무슨 생각에선지 선생님이 큰 소리로 웃었다. 하지만 연두색 벽으로 둘러싸인 이 교실에선 열정이라고는 눈곱만큼도 찾아볼 수가 없었다. 내 옆에 앉아 있는 프레드릭은 줄곧 하품을 했고, 루카는 연방 휴대폰을 만지작거렸다. 안네 리네는 노트에 무언가를 끼적이고 있었는데, 사인펜의 잉크가 말랐는지 글자를 쓸 때마다 소름 끼치는 소리가 났다.

나는 머리가 너무 근지러워서 도저히 집중할 수가 없었다. 머리카락에 웨이브를 넣고선 고정하려고 헤어스프레이를 잔뜩 뿌렸더니, 그게 머리띠 밑에서 한데 뭉친 모양이었다.

머리띠를 살짝 내려 간지러운 부분을 손끝으로 살살 긁었다. 하지만 시원해지기는커녕, 머리띠가 움직이면서 하얗게 엉겨 붙어 있던 머리카락만 겉으로 드러나고 말았다. 그 틈에 흘러내린 잔머리가 눈을 찔러서 눈물까지 주르르 흘러내렸다.

"디지털 세상으로 한 발짝 더 나아가는 거야! 앞으로는 인터넷상에서 이름을 알리는 게 더욱더 중요해질 테니까."

한숨이 푹 나왔다. 그건 누구나 다 알고 있는 사실이었다. 나도 한때는 SNS를 해 보려고 시도했다. 인터넷에 올리려고 짬짬이 찍어 둔 영상만 해도 수십 개나 되었다. 도저히 용기가 나지 않은 탓에 끝끝내 빛을 보지는 못했지만.

그때 헤디가 손을 번쩍 들었다.

"선생님, 아무리 생각해 봐도 그 과제는 공평하지 않은 것 같아요."

반 아이들의 시선이 교실 한가운데에 앉은 헤디에게로 쏠렸다. 헤디의 피부는 오늘도 어김없이 건강함을 뽐내는 완벽한 갈색이었다. 립글로스를 바른 입술 역시 여느 때처럼 반짝반짝 빛났다. 높이 든 손을 따라 흘러내리는 긴 곱슬머리가 윤기를 머금은 채 찰랑거렸다. 언제나 그렇듯, 이 모든 것이 타고난 것마냥 자연스럽고 아름다웠다. 하지만 나는 알고 있었다. 저렇게까지 하려면 얼마나 많은 시간과 정성을 들여야 하는지를……. 오늘의 나만 보아도 금방 알 수 있지 않은가.

"자랑하려는 건 아니지만, 저는 이미 엄청나게 많은 팔로워를 가지고 있거든요."

그 말은 사실이었다. 헤디를 팔로우한 사람은 어쩌면 이 도시 전체의 학생 수보다 많을지도 몰랐다. 헤디는 온갖 SNS 계정은 물론, 다른 사람들이 만든 팬 카페까지 있었다. 엄청난 SNS 활동으로 여기저기서 상을 받았을뿐더러, 심지어 학교 선생님들조차 '헤디 스타일'을 구독하며 은근히 참고하곤 했다. 그러니 헤디에게는 이번 과제가 거의 껌이나 마찬가지인 셈이었다. SNS는 헤디, 그 자체였으니까.

"맞아, 헤디. 네 말대로 이번 과제는 다른 친구들이 조금 불리할지도 몰라. 그런 의미에서, 너는 해시태그나 영상, 혹은 최근

트렌드를 분석해서 다양한 시도를 해 봐."

선생님이 찡긋 윙크를 하자, 헤디가 미소로 화답했다.

"네, 그럴게요. 저는 그저 친구들을 위해서 말한 것뿐이에요."

헤디는 이렇게 대답하고는 율리아 쪽으로 고개를 슬쩍 돌렸다. 고개를 살짝 끄덕이는 율리아의 긴 금발이 연두색 스웨터 위에서 부드럽게 찰랑였다. 헤디가 율리아의 어깨에 다정하게 턱을 얹자, 갈색과 금색 머리칼이 어우러져 서로의 어깨를 감쌌다.

저 두 사람은 중학교에 입학한 첫날에 베프가 되었는데, 몇 달이 지난 지금까지도 잠시나마 떨어진 적이 없었다. 심지어 헤디는 자신의 블로그에서 율리아를 '나의 솔메이트'라고 소개하기도 했다. 같은 초등학교를 다니며 더 오래 알고 지낸 내 이름은 기억이나 하고 있는지 모르겠지만.

만약 에스펜이 여기 있었더라면, 나도 저 두 사람처럼 코웃음을 치면서 속닥거렸을 텐데…….. 하지만 에스펜은 옆 반인 데다가, 지금은 건너편 건물에서 과학 수업을 받고 있었다. 아쉽게도 이 교실에서 철저히 혼자인 나는 하릴없이 책상을 내려다보면서 눈동자를 굴리거나 손가락으로 머리카락을 빗어 내리는 것밖에 할 수가 없었다.

클라스 선생님이 칠판을 가리켰다.

"이번 과제는 총 한 달 동안 진행할 거야. 다음 주 금요일부터 한 주의 진행 상황을 번호순으로 발표할 거고."

선생님이 다시 교실 안을 둘러보았다.

"흥미롭지 않니? 이번 과제는 꽤 특별할 거야."

나는 속이 메슥거렸다. 흥미고 나발이고, 이번 과제는 내게 그저 완벽한 재앙일 뿐이었다.

수업을 마치고 복도로 나가자, 에스펜이 계단 위에서 나를 기다리고 있었다. 훤칠한 키에 보라색 머리카락……. 게다가 5학년 때 입었던 보라색 바지를 잘라서 만든 반바지를 입고 있었다. 단연코 눈에 띄는 모습이었다.

"마리에에에, 마리이이에!"

이어폰을 꽂고 있던 에스펜이 나를 보자마자 노래를 부르듯 리듬을 타며 큰 소리로 이름을 불렀다. 나는 어디에서든 주목받는 걸 무척 싫어했다. 반면에 에스펜은 민망해하는 내 반응을 몹시 재미있어했다. 그래서 걸핏하면 남들 앞에서 대놓고 나를 놀려 대곤 했다.

"다음 시간은 합반 수업이니까 네 헤어스타일을 좀 더 자세히 들여다봐 줄게. 이거, 생각만 해도 설레는걸!"

주변에 있던 아이들이 힐끔힐끔 쳐다보았다. 나는 얼굴이 새빨갛게 달아올랐다. 오늘 아침에 괜히 머리띠 사진을 찍어서 보내 가지고선! 후회스런 마음이 엄청나게 밀려들었지만 이미 엎질러진 물이었다.

나는 너무 민망한 나머지 얼른 자리를 벗어나려고 했다. 그때 에스펜이 후다닥 뛰어오더니 내 앞을 딱 가로막았다.

"어휴! 왜 이래?"

에스펜이 짓궂게 웃으며 말했다.

"왜긴? 마리에, 그러고 보니 이 헤어스타일……. 혹시 헤디를 따라 하려던 거야? 어디, 얼마나 비슷한지 한번 볼까?"

"안 돼! 야, 하지 마!"

나는 머리띠로 향하는 에스펜의 손을 홱 밀쳤다. 에스펜이 크게 웃음을 터뜨렸다. 괜스레 뻘쭘해져서 시선을 딴 데로 돌리다가, 스웨터 끄트머리에 붙어 있는 스머프를 발견했다.

"새로 산 옷이야?"

에스펜이 입고 있는 진녹색 스웨터를 손으로 쭉 잡아당기며 물었다.

"아니. 와펜이 있길래 스웨터에 한번 붙여 봤어. 갖고 싶으면 말해. 하나 남았거든."

순간, 내 옷차림을 훑어보았다. 회색 스웨터에 검정색 바지, 때가 탄 운동화……. 멋있거나 세련된 옷차림이 아닐뿐더러, 발랄하지도 않아서 스머프와는 거리가 아주 멀었다.

"괜찮아. 나랑은 안 어울릴 것 같아."

에스펜이 어깨를 으쓱했다. 그렇게 말할 줄 알았다는 표정이었다.

"그런데 그 회색 스웨터야말로 좀 재미있게 꾸며야 할 것 같지 않니?"

내가 얼굴을 찌푸리자 에스펜이 장난스럽게 손으로 머리를 톡톡 건드렸다.

"농담이야. 너는 있는 그대로 충분히 멋져. 그냥 한 말이니까 기분 풀어."

그러고는 내 머리띠를 단단하게 고정시켜 주면서 다정하게 속삭였다.

"이 머리도 예뻐. 정말이야."

'예쁘다'는 말이 백 퍼센트 진심은 아니겠지만, 어쨌든 마음이 한결 놓였다.

우리 둘만의
점심시간

지루한 영어 수업이 끝나고 마침내 점심시간이 되었다. 우리 학교의 점심시간은 어디서 누구와 먹어도 상관없는 자유의 시간이었다.

에스펜과 나는 언제나처럼 아이들의 발길이 뜸한 체육관 뒤편으로 향했다. 새 건물과 옛 건물이 만나는 구석 공간, 푸르른 잔디가 깔려 있는 데다 따스한 햇살이 내리쬐는 곳……. 바로 거기가 우리의 아지트였다. 양옆의 건물이 차양 역할을 해 주어서, 어쩌다 비가 쏟아지거나 바람이 거세게 불어도 그곳만큼은 괜찮았다. 물론 그곳이 우리의 아지트가 된 데는 그 누구의 방해 없이 조용히 지낼 수 있다는 게 가장 큰 이유지만.

"지금 도시락 열 거야? 잠깐만, 마음의 준비를 좀 할게."

에스펜은 내가 매번 특이한 도시락을 싸 오기 때문에 다른 아이들과 어울릴 수 없다고 투덜댔다. 다른 아이들과 밥 먹기를 꺼려하는 건 정작 자신이면서.

나는 에스펜의 말을 가볍게 무시하고 도시락 뚜껑을 열었다. 오늘은 캐비어를 얹은 토스트였다. 내 몫의 토스트를 꺼낸 다음, 에스펜에게는 엄마가 따로 챙겨 준 머핀을 건넸다.

"이거 먹을래?"

도시락을 종종 깜빡하는 에스펜을 위해서 나는 늘 이렇게 먹을 것을 넉넉히 준비하곤 했다.

"유기농 딸기가 들어갔어. 게다가 무설탕에 글루텐 프리래."

아, 너무 엄마 같은 말투였나?

"어……, 그래도 맛있긴 했어. 혹시 모자라면 내 토스트 한 조각 더 줄게."

나는 원래 말투로 돌아와 어물거리며 뒷말을 덧붙였다. 에스펜은 고개를 절레절레 저으며 머핀을 집었다.

"글루텐 프리인가 유기농인가 하는 것만으로도 충분해."

에스펜은 벽돌담에 등을 기대고 앉아 머핀을 한 입 베어 물었다. 나도 아무 말 없이 천천히 빵을 씹었다. 이 세상에서 대화 없이도 편하게 있을 수 있는 친구는 에스펜, 단 한 명뿐이었다. 그래서인지 둘만 있을 때는 꼭 시간이 멈춘 듯한 기분이 들었다.

머핀을 반쯤 먹던 에스펜이 갑자기 생각났다는 듯 몸을 바로 세웠다. 그러고는 가방에서 검정색 연습장을 꺼내더니 어떤 페이지를 펼쳐서 내게 건넸다.

"과학 시간에 너무 지루해서 그린 거야."

두 장에 걸쳐서 그림이 그려져 있었다. 자그마한 사람과 집, 그리고 암호 같은 알파벳들. 보아하니 원소 주기율표를 배울 때 그린 것 같았다. 나는 검지를 들고는 왼쪽 상단에서 오른쪽 하단으로 이어진 그림 속의 골목길을 따라갔다.

"이건 혹시 나야?"

나는 머리띠를 하고 있는 소녀를 가리켰다. 에스펜이 고개를 끄덕였다.

"응, 맞아."

소녀 옆에는 에스펜으로 보이는 소년이 서 있었다. 길쭉한 곡선 몇 개로 그려진 모습이 마치 춤을 추는 것처럼 보였다. 나는 손가락으로 그림 속의 두 사람을 아우르며 동그랗게 원을 그렸다. 두 사람은 실제의 우리랑 키와 체형이 비슷했다. 하지만 그게 전부였다. 환한 미소를 짓고 있는 그림 속의 소녀는 실제의 나보다 훨씬 더 예뻤다. 무엇보다 두 사람은 너무나 잘 어울렸다.

그때 에스펜이 내 쪽으로 살짝 몸을 기울였다. 따스한 입김이 뺨에 훅 닿았다. 숨이 턱 막혔다. 나도 모르게 한참이나 숨을 쉬지 못했다. 잠시 후 에스펜이 연습장을 넘겼다.

"이건 어제 그린 거."

커다란 뻐드렁니와 삐죽삐죽 솟은 머리카락, 듬성듬성한 턱수염에 '아이 러브 인터넷'이라는 문구가 새겨진 스웨터……. 한눈에 클라스 선생님이라는 걸 알 수 있었다. 그 뒤에는 풍성한 곱슬머리의 헤디가 그려져 있었는데, 얼굴 옆에 '나는 소셜 미디어의 여왕'이라고 써 놓고선 느낌표를 무려 다섯 개나 붙여 두었다.

"대박! 오늘 수업 시간의 헤디랑 똑같네!"

그와 동시에 웃음이 터지는 바람에, 입안에 있던 캐비어가 사방으로 튀었다.

"으악, 마리에! 입 다물어!"

에스펜이 기겁을 하며 후다닥 몸을 피했다가 다시 장난스럽게 달려들어 헤드록을 걸었다. 얼른 몸을 비틀어 빠져나가려 했지만 도저히 꼼짝을 할 수가 없었다. 우리 둘의 웃음소리가 점점 커졌다. 하루 종일 이렇게 지냈으면 좋겠다는 생각이 잠깐 들었다.

"식사 예절부터 다시 가르쳐야겠어."

에스펜이 내게서 떨어지며 말했다. 나는 몸을 반쯤 일으키고서 에스펜을 물끄러미 바라보았다. 나를 보는 에스펜의 얼굴에 웃음기가 가득했다. 수업 시간에 나를 떠올리며 그림을 그리고 있는 에스펜의 모습을 상상하자, 문득 내리쬐는 햇빛이 그 어느 때보다 훨씬 더 뜨겁게 느껴졌다.

오늘은 유난히 더웠다.

"엄마, 저 왔어요."

"어! 우리 딸, 왔니? 엄마 여기 있어."

부엌으로 가자 엄마가 식탁 앞에 앉아 있었다. 엄마는 노트북에 눈을 고정한 채 손가락을 바쁘게 움직이고 있었다. 한 달 전에 기자 일을 그만두고 전문 블로거로 전업한 후로 매일 이런 모습이었다.

조리대 위에는 엄마가 테스트해야 할 갖가지 화장품과 운동복, 꽃다발, 염색약, 카메라 장비들이 빼곡했다. 이 물건들은 앞으로 업로드될 포스팅의 미리보기나 마찬가지였다. 반쯤 차 있는 믹서에서는 채소와 파인애플 향이 새어 나오고 있었다.

나는 엄마 옆에 앉았다. 의자에 걸려 있는 하얀 양털 카펫 때문에 등이 간질간질했다.

"엄마, 한 가지 문제가 생겼어요. 사회 선생님이 과제를 내 주셨는데요……. SNS를 이용해서 자신을 표현해 보래요."

그제야 엄마가 고개를 들고 나를 바라보았다. 크고 푸른 눈동자가 기다란 속눈썹 아래에서 반짝였다. 가지런한 치아는 녹색 수납장과 대비되어 더욱더 하얗게 보였다. 엄마가 만약 이 모습을 직접 봤더라면 당장 사진을 찍어 달라고 성화를 부렸겠지?

"마리에, 그게 무슨 문제니? 세상에다 널 보여 줄 수 있는 아주 좋은 기회지. 뭔가 재미있는 걸 생각해 내서 사진을 찍어 보면 되잖아?"

"그렇긴 하지만……, 뭘 해야 할지 아무 생각도 안 나는걸요. 그게 바로 문제예요."

나는 두 팔을 늘어뜨리며 고개를 푹 숙였다. 그런데 아무 대답이 없었다. 귀에 들리는 것은 그저 딸깍딸깍 터치패드를 누르는 소리뿐이었다.

"엄마?"

고개를 슬쩍 들어 보니, 엄마의 시선이 다시 노트북으로 돌아가 있었다.

"잠깐만. 일단 이것 좀 마무리해 놓고 얘기하자."

핑! 때맞춰 문자 메시지 수신음까지.

"앗, 미안. 오늘따라 왜 이리 정신이 없담……."

엄마가 멋쩍게 웃으며 휴대폰을 집어 들었다. 그러고는 미간을 찌푸린 채 문자 메시지를 한참 동안 들여다보더니, 이내 환한 미소를 지었다.

"마리에, 이것 좀 봐! 이게 좋은 해답이 될 것 같은데?"

그 어떤 아름다움도 내면의 아름다움에 비할 수 없다.

엄마는 의미심장하게 웃었지만 나는 그저 어리둥절하기만 했다. 대체 저게 무슨 소리지? 뭐가 도움이 된다는 건지 도무지 알 수가 없었다. 나는 의아한 표정으로 엄마를 바라보며 어깨를 으쓱했다.

"바로 네 얘기잖아, 마리에! 너는 그 누구보다 아름다운 내면을 가지고 있으니까."

나는 눈을 가늘게 뜨고서 휴대폰 화면을 다시 들여다보았다. 아무리 생각해도 내게 도움이 되는 말이 아니었다. 내면의 아름다움이 어쩌고저쩌고 하는 말은 순전히 겉치레에 불과했다. 그런 건 예쁘고 인기 많은 사람들이 그렇지 않은 사람, 그러니까 나 같은 사람을 위로하려고 하는 말일 뿐이니까.

엄마가 잔뜩 찡그린 내 얼굴을 다정하게 쓰다듬었다.

"잘할 수 있어, 마리에. 넌 현명하잖아? '세상이 네 미소를 앗아 가지 않도록 힘을 내.'라는 말, 알지? 거꾸로 이번에는 세상이 웃지 않고는 못 배기도록 만드는 거야."

내 얼굴이 더욱더 찡그려졌다. 하지만 엄마는 아랑곳하지 않고 말을 이었다.

"너무 신경 쓰지 말라는 얘기야! 인터넷에는 수많은 공간이 있어. 거기서 너만의 공간을 얼마든지 찾을 수 있지."

엄마가 찡긋 윙크를 하고는 노트북으로 고개를 돌렸다.

"그건 그렇고, 새로 생긴 호텔의 오픈 파티에 초대받았어. 꼭 가야 할 것 같아."

그날 저녁, 나는 거울을 보면서 엄마가 한 말을 떠올려 보았다. 나를 처음 보는 사람이 겉모습만 보고서 내면이 아름다운지 어떤지 알 수 있을까? 아무리 생각해도 그건 불가능했다.

'얼굴에 웃음기가 많으면 좀 달라 보일지도 몰라.'

나는 얼굴 가득 미소를 지었다. 볼살이 눈 밑에 닿을 정도로 웃자, 눈이 가늘어지면서 콧잔등의 주근깨가 일그러졌다.

어색한 웃음이 가득한 얼굴……. 거울 속의 나는 착하거나 아름답기는커녕 무지 불편해 보였다. 깊게 심호흡을 했다. 그리고 에스펜이 앞에 있다고 상상하면서 미소를 지어 보았다. 조금 전보다 훨씬 부드럽고 따뜻한 미소가 떠올랐다.

나는 고개를 세차게 저어서 머리를 흩뜨렸다. 잔뜩 엉킨 머리카락이 흘러내려 얼굴을 가렸다. 그러고는 아까처럼 입가에 뻣뻣한 미소를 띄운 채 셀카를 찍었다.

> 외면보다 내면이 더 중요해. 그걸 알면 훨씬 더 행복해질 거야.

나는 셀카에 이렇게 메시지를 덧붙인 뒤 에스펜에게 보냈다.

딩동!

눈물을 흘리며 깔깔 웃는 이모티콘이 답장으로 왔다. 머리칼을 대충 정리하고선 사진을 삭제했다.

특별하거나
특별하지 않거나

앞 시간에 브로콜리 수프를 만들었는지, 가사실 안에 고약한 냄새가 가득했다. 폴은 다짜고짜 안네 리네의 방귀 냄새라며 다섯 번이나 외쳤고, 스테판은 그 옆에서 계속 토하는 시늉을 했다. 내 옆자리에 앉은 이딜을 포함해 다른 아이들도 하나같이 이맛살을 잔뜩 찌푸렸다.

안네 리네가 폴에게 막 책을 집어 던졌을 때 헤디와 율리아가 가사실로 들어왔다. 헤디는 인상을 찡그리며 코를 잡아 쥐고 율리아의 등을 떠밀었다. 귓속말을 주고받던 두 사람은 나와 이딜 옆에 남은 빈자리 두 개로 시선을 던졌다. 헤디가 다시 뭐라고 하자, 율리아가 의자 두 개를 집어 들고선 멀찍이 떨어진 구석으로 갔다.

마침내 수업 종이 울렸다. 가정 담당인 마이 브릿 선생님이 들어왔다. 마이 브릿 선생님은 키가 크고 어깨가 떡 벌어졌는데, 매일 등산복을 입고 다녔다. 사각사각 소리가 나는 등산 바지 덕분에 선생님이 걸어오는 걸 어디서든 알 수 있었다.

마이 브릿 선생님은 종종 과학이나 환경 수업에 대타로 들어올 만큼 자연환경에 관심이 많았다. 가정 실습 시간에도 종종 그와 관련된 주제를 다루곤 했다, 바로 오늘처럼.

"오늘은 아주 맛있으면서도 세상에 유용하기까지 한 음식을 만들어 볼 거야."

음식물 쓰레기

선생님이 칠판에 커다랗게 글자를 적었다.

"오늘의 주제는 바로 이거야. 음식물 쓰레기를 줄이자는 취지에서 유통 기한이 임박한 재료를 활용하려고 해."

그러고는 음식 재료가 담긴 그물망 두 개를 가리켰다.

"지금부터 두 사람씩 짝을 지어 음식 재료를 가져가도록."

이딜이 나를 바라보았다. 나는 고개를 끄덕였다. 그때 헤디의 날카로운 목소리가 가사실의 낡은 조리대 사이로 울려 퍼졌다.

"선생님! 지금 저희더러 상한 음식을 먹으라고 하신 건가요?"

그 말에 장단을 맞추기라도 하듯 율리아의 입이 쩍 벌어졌다. 조금 과장하면 스웨터의 목깃까지 닿을 정도였다. 전혀 예상치 못한 지적이었는지, 선생님 얼굴에 당황한 기색이 역력했다.

"헤디, 상한 음식이 아니야. 이 재료들은 아직 유통 기한이 지나지 않았어. 오늘 만들어서 바로 먹으면……."

"그러다가 식중독에 걸리면 어떡해요?"

헤디는 선생님 말씀을 싹둑 끊으며 어이없다는 표정으로 팔을 휘저었다. 그 순간, 내 옆자리의 이딜이 코웃음을 쳤다. 그 소리가 들렸는지, 헤디와 율리아가 이딜을 곧장 째려보았다. 하지만 이딜은 둘의 시선을 가볍게 무시했다.

그런 이딜을 바라보며 헤디가 다시 말을 이었다.

"완전 최악이에요. 그나저나 이딜, 너는 유통 기한이 다 된 재료로 만든 상한 음식을 먹고 싶다는 뜻이니?"

"웩! 토할 것 같아."

율리아가 고개를 저으며 맞장구를 쳤다.

"너희 둘, 그만해! 아무도 상한 음식을 먹지 않을 거야."

마이 브릿 선생님이 굳은 얼굴로 헤디를 바라보았다. 하지만 헤디는 조금도 개의치 않았다.

"부모님께 말씀드릴 거예요. 선생님이 상한 음식을 먹으라고 강요하셨다고요."

헤디가 율리아의 옆구리를 쿡 찔렀다.

"뭐 해? 빨리 휴대폰 꺼내."

율리아가 헤디의 가방을 뒤지기 시작하자, 선생님이 부랴부랴 두 사람을 막았다.

"알았어. 원치 않으면 음식을 먹지 않아도 좋아. 하지만 요리 과정에는 참여해야 해. 알았지?"

헤디가 마음에 들지 않는다는 듯 눈동자를 이리저리 굴렸다.

"어쩔 수 없죠. 그러면 장갑이라도 주세요!"

"장갑이라니?"

교탁에 비스듬히 기대 있던 선생님의 얼굴에 피로감이 스쳤다.

"저는 '신선하지 않은 음식에 대한 과민증'이 있어요. 일종의 알레르기라고 할 수 있죠. 아니, 알레르기보다 증상이 훨씬 더 심해요."

"장갑만 있으면 되지? 알았어. 잠깐만 기다려. 금방 돌아올 테니까."

선생님은 이내 가사실 밖으로 사라졌다. 사각사각 바지 스치는 소리가 복도 저편으로 멀어졌다.

헤디는 복도 밖으로 고개를 내밀고서 선생님이 사라진 것을 확인한 뒤 의미심장한 표정을 지었다. 그러고는 칠판 앞으로 나가 음식 재료들 앞에서 포즈를 취했다.

"율리아, 얼른 찍어!"

헤디가 코를 잡고 인상을 잔뜩 찌푸렸다. 율리아는 재빠르게 그 모습을 찍었다. 사진을 확인한 헤디의 얼굴에 만족스러운 표정이 떠올랐다.

"이거면 '좋아요' 천 개 정도는 거뜬히 받을 수 있을 거야."

나는 흰 종이 위에 이름을 적어 놓고선 한참이나 노려보았다.

마리에

사회 과제를 하기 위한 계획을 슬슬 짜야 했다. 나를 어떻게 소개하면 될까? 사람들의 관심을 얻으려면 어떤 주제가 좋을까? 일단 생각나는 대로 종이에 적어 보기로 했다.

새로운 것을 빨리 배우는 편임.

보풀이 생기는 스웨터를 싫어함.

가장 좋아하는 음식은 라자냐.

어렸을 때 강아지를 키웠음. (이름은 규로)

엄마는 파워 블로거임.

아파트에 살고 있음.

모태솔로. (누굴 좋아해 본 적도 없었던 것 같음.)

무엇보다 평. 범. 함.

가장 마지막 세 글자를 강조한 건 나름의 이유가 있었다. '평범함'. 안타깝지만 그 단어는 나를 가장 정확하게 묘사한 말이었다.

나는 키가 크지도, 작지도 않았다. 눈동자는 푸른색과 회색이 섞여서 메마른 아스팔트 같았다. 머릿결이 아주 엉망진창은 아니지만, 익은 고기처럼 색깔이 거무죽죽했다. 나중에 커서 딱히 되고 싶은 것도 없었다. 취미라고 내세울 만한 것은 책 읽기뿐이었다. 똑같은 검정 바지를 열 벌이나 가지고 있으며, 지금껏 회색과 검정색 말고 다른 색의 옷은 거의 입은 적이 없었다. 무엇보다 새로운 일을 시도할 때마다 항상 실패하곤 했다.

"안녕!"

한숨을 폭 내쉬는데 뒤쪽에서 에스펜이 불쑥 나타났다. '시카고 불스'라는 반짝이 글자가 박힌 티셔츠가 가장 먼저 눈에 들어왔다.

"그게 뭐야?"

"아무것도 아냐. 그냥……, 과제 준비야."

나는 잽싸게 종이를 구겨 가방 속에 집어넣었다. 에스펜이 눈썹을 치켜올리며 수상쩍다는 표정을 지었다.

"무슨 과제인데?"

"SNS에서 나를 알리는 거."

에스펜이 소리 내어 웃었다. 식은 죽 먹기인 과제라고 생각하는 게 분명했다. 왜냐하면 에스펜은 항상 멋있으니까. 다른 사람을 신경 쓰지 않는 옷차림, 개성 넘치는 헤어스타일……. 나와는 정반대였다.

"사흘 내로 계획을 짜고 과제를 시작해야 해."

"뭘 그렇게 걱정해? 별거 아닌 과제 같은데."

역시나! 나는 기지개를 쭉 펴며 에스펜에게 눈을 흘겼다.

"마리에, SNS를 너무 거창하게 생각하는 거 아냐?"

에스펜은 SNS에 몰두하는 사람들을 한심하게 여겼다. 심지어 우리 엄마와 말다툼을 한 적도 있었다. 둘 다 화가 머리끝까지 나서 목소리를 높였지만, 알고 지낸 지 오래된 사이여서 그 정도로 관계가 틀어지지는 않았다.

"너야 쉽겠지! 그냥 그 보라색 머리칼을 찍어 올리기만 해도 수백, 아니 수천 명이 '좋아요'를 눌러 줄 테니까."

에스펜이 고개를 절레절레 저었다.

"무슨 뜻으로 하는 말이야? SNS는 시작도 안 했으면서 벌써 바보가 된 거야? 나는 헤디처럼 머리카락을 이용할 생각이 눈곱만큼도 없어. 그 애랑은 비교도 하지 마. 제발 부탁이야."

"하지만 너도 그랬잖아! 내가 재미없고 지루하다고……. 맨날 어두운 색만 입는 데다가 어색한 헤어스타일……. 그리고, 그리고……, 혹……."

에스펜이 고개를 비스듬히 기울였다. 나는 잠시 참았던 숨을 마음속에 담아 두었던 말과 함께 뱉어 냈다.

"이젠 더 못하겠어. 이 과제는 정말 최악이야!"

나는 책상 다리를 발로 꽉 찼다. 재수 없게도 모서리에 엄지발가락 끝을 세게 부딪혔다. 허리를 숙이고서 책상에 엎드린 채 터져 나오는 울음을 꾹꾹 눌렀다. 내가 그렇지, 뭐. 뭘 해도 늘 끝이 좋지 않았다. 너무나 뻔한 결말이었다.

에스펜이 내 등에 조심스레 손을 얹었다.

"마리에, 괜찮아……?"

걱정이 한껏 묻어나는 목소리였다. 물론 속지 않았다. 실제로는 웃음을 참고 있을 게 뻔했다. 에스펜은 원래 그런 아이였다. 그래서 늘 소리를 빽빽 지른 나만 민망해졌다. 나는 양손으로 얼굴을 가리고 에스펜을 슬쩍 쳐다보았다.

"너, 아직 안 갔어?"

에스펜이 눈을 맞추며 씩 미소를 지었다. 정신을 잃을 만큼 부드럽고 아름다운 미소였다. 덩달아 내 입꼬리도 올라갔다. 나도 모르게 저절로 웃음이 새어 나온 것이었다.

항상 그랬다. 에스펜이 웃어 주기만 하면 모든 걱정과 어둠이 순식간에 사라져 버렸다. 나로서는 짜증나는 일이지만, 에스펜에게는 꽤 이득인 관계였다. 어지간한 잘못이 아니라면 애쓰지 않아도 쉽게 기분이 풀려 버리니까.

"웃지 마, 정들어!"

나는 화가 풀리지 않은 척하며 필통을 에스펜에게 집어 던졌다. 에스펜은 날아오는 필통을 허공에서 덥석 낚아채고는 책상 위에 가만히 내려놓았다.

"과제에 대해서는 너무 걱정하지 마. 뭔가 방법이 떠오르겠지, 하하. 그보다는 할 말이 있어서 온 거였는데……. 실은 엄마가 전통 무용 교실의 종강 파티 입장권을 주셨어."

에스펜이 평소답지 않게 웅얼거리며 고개를 푹 숙였다.

"뭐? 세상에!"

나는 몸이 뒤로 넘어갈 정도로 크게 웃었다. 에스펜의 엄마는 매년 취미를 바꾸었는데, 작년부터는 전통 무용에 깊이 빠져 있었다.

"왜 웃어? 너도 가야 되는데?"

"아……, 고맙지만 사양할게."

나는 책상 위로 몸을 굽히며 천천히, 그리고 단호하게 고개를 저었다. 하지만 늘 그렇듯 에스펜은 내 말을 들은 척도 안 했다.

"치사하게 나 혼자 가라고? 그건 절대 안 돼. 잊지 마, 다다음 주 수요일이야. 나랑 전통 무용 관람 데이트를 하는 날이니까 꼭 기억해 둬."

뭐, 데이트라고? 에스펜이 우리의 만남을 데이트라고 한 적이 있었던가? 아무리 특이한 걸 하더라도 그렇게 말한 적은 없었다.

"한 번쯤은 전통 무용을 보는 것도 좋잖아? 내 베프만이 누릴 수 있는 특권이기도 하고. 축하해!"

"우리가 베프야? 솔메이트가 아니고?"

에스펜이 고개를 끄덕이며 웃음을 터뜨렸다.

"맞아, 솔메이트. 그나저나 너희 반은 수학 진도 어디까지 나갔어? 이번 과제 너무 어렵더라. 나 좀 도와줘."

에스펜이 가방에서 수학 교과서를 꺼내며 내 곁으로 바짝 당겨 앉았다.

점심시간이 끝나 갈 무렵, 교무실에 있는 클라스 선생님을 찾아갔다. 과제에 대해 몇 가지 상담을 해 볼 생각이었다. 문 앞에 서서 심호흡을 했다. 나갈 때는 조금 홀가분해지기를 바라면서.

"저……, 선생님?"

"마리에구나. 무슨 일이니?"

"이번 과제 말인데요. 영상을 찍는 대신에 글을 써서 제출해도 될까요?"

선생님은 곧장 웃음을 터뜨렸다. 왠지 불길한 예감이 스쳤다.

"하하! 그거 최근에 들은 말 중에서 가장 재미있구나."

선생님은 농담처럼 말했지만 나는 따라 웃을 수가 없었다. 클라스 선생님이 멋쩍은 얼굴로 머리를 긁적였다.

"왜 글로 대신하겠다는 거니?"

"그게……, 제가 글 쓰는 걸 더 좋아해서요. 글짓기는 꽤 잘하는 편이지만, 다른 쪽으로는 영…… 소질이 전혀 없거든요. 그러니까……, 인터넷이나 SNS 같은 거요…….”

선생님이 슬쩍 미소를 지었다.

“이번 과제는 잘하든 못하든 상관없어. 있는 그대로의 자신을 표현하기만 하면 돼.”

순간, 말문이 턱 막혔다. 다들 너무 쉽게 말하는 것 아닌가? 물론 선생님이 나를 놀리려는 의도로 한 말은 아니라는 걸 잘 알고 있었다.

“하지만 저는 특별하게 내세울 점이 없는걸요.”

“마리에, 난 네가 굉장히 특별하다고 생각해. 다시 한번 잘 생각해 봐. 게다가 지금은 아직 계획 단계잖아. 뭐가 됐든 일단 시작해 보면, 네가 몰랐던 모습을 발견하게 될 수도 있어.”

“그렇지만 다른 아이들은…….”

“마리에, 너는 다른 아이들과 달라. 이 세상에 똑같은 사람은 한 명도 없지. 넌 그냥 너대로 아주 특별해.”

진지한 얼굴로 말을 마친 선생님이 한쪽 눈을 찡긋하며 미소를 지었다. 꽤나 현명한 말을 한 것처럼, 방금 그 말이 내 가슴을 뛰게 만들기라도 한 것처럼. 하지만 나는 여전히 떨떠름할 뿐이었다.

선생님이 책상 위에 놓여 있던 휴대폰을 집어 들었다. 대화가 끝났다는 것을 알리려는 듯했다.

“네, 어쩌면 선생님 말씀이 맞을지도 모르죠.”

건성으로 고개를 끄덕였지만 속으로는 선생님이 틀렸다는 생각이 들었다. 나는 절대 특별하지 않았다. 재미없고 지루한 성격이니까. 그런 나를 남들한테 의미 있게 내보이기란 결코 쉽지 않은 일이었다.

New! 헤디의
헤어 프로필

수요일 오전은 옆 반과 함께하는 체육 시간이었다. 몇몇은 운동장에서 축구 시합을 했고, 나머지는 가장자리에 앉아 시합을 구경했다. 아니, 사실은 조금 달랐다. 나머지 아이들이 보는 것은 시합이 아니라 '에스펜의 활약'이었다.

에스펜에게는 사람의 이목을 모으는 재주가 있었다. 평소에는 기묘한 머리 색깔이나 이상한 옷차림으로 튀었지만, 오늘 같은 날이면 축구 실력으로 모두의 관심을 독차지했다.

"여기! 이쪽으로 패스해!"

에스펜이 양팔을 휘두르며 소리쳤다. 아므릿이 곧 에스펜에게 공을 패스했다. 에스펜은 공을 받자마자 골대로 질주했다. 그리고 슛! 축구공이 골대 안으로 쏙 빨려 들어갔다. 마치 물이 흐르듯 자연스러웠다.

"아싸!"

여기저기서 환호성이 터져 나왔다. 때맞춰 심판이 호루라기를 불었고, 시합은 에스펜 팀의 승리로 끝났다. 에스펜은 같은 팀 친구들과 하이파이브를 한 다음, 곧장 내게로 달려왔다. 그러고는 두 팔을 내 목에 두르고 길게 포옹을 했다. 순간, 다른 아이들의 시선이 느껴졌다. 그러면서도 나는 늘 있는 일인 양 아무렇지도 않은 척하려고 애를 썼다.

"마지막 골이 들어갈 줄은 몰랐어. 진짜 운이 좋았어!"

에스펜은 팔을 내리고 이렇게 말한 뒤 허리를 구부린 채 숨을 몰아쉬었다.

"손수건 있어?"

나는 수건을 꺼내 송글송글 땀이 맺힌 이마를 닦아 주었다. 에스펜이 씩 웃으며 수건을 낚아채 갔다.

"고마워. 너무 열심히 뛰었나 봐."

수건을 건네다 스친 손가락 끝으로 온몸의 피가 몰리는 듯한 기분이 들었다. 보라색 머리카락, 큰 키, 훤칠한 외모, 그리고 땀……. 에스펜은 땀을 흘리는 모습까지도 멋있었다.

"안녕? 시합 잘 봤어."

그때 옆 반 여학생 두 명이 우리 곁을 지나며 에스펜에게 미소를 보냈다. 에스펜도 익숙하게 인사를 건넸다.

두 사람이 키득키득 웃으며 멀어졌다. 그중 한 명은 고개를 돌려 어깨 너머로 에스펜을 한참이나 바라보았다. 나는 잠시 망설이다가 물었다.

"누구야?"

에스펜이 땀이 마른 이마를 다시 수건으로 문지르며 건성으로 대답했다.

"쟤네? 그냥 같은 반 애들."

"친해?"

"아니, 인사만 하는 사이야."

나는 고개를 돌려 그 여학생들을 다시 바라보았다. 에스펜이 자신의 활약상에 대해 떠벌리기 시작했지만 귀에 전혀 들어오지 않았다.

"그런데 왜 널 보고 저렇게 웃어?"

그 말에 에스펜이 갑자기 웃음을 터뜨렸다. 그러고는 별걸 다 묻는다는 듯 장난스럽게 눈을 찡긋거렸다.

"맙소사! 내가 그걸 어떻게 알아? 같은 반이니까 그런가 보지. 그런데 기분이 이상하다? 꼭 심문받는 것 같네."

사실은 내 기분이야말로 이상했다. 날이 너무 더워서일까, 아니면 축구 시합을 막 끝낸 뒤라 피곤해서일까? 에스펜은 중요한 사실 하나를 깜빡했다. 내가 자신의 거짓말을 정확히 꿰뚫어볼 수 있다는 사실……. 에스펜은 거짓말을 할 때면 오른쪽 눈꺼풀을 살짝 떠는 버릇이 있었다. 바로 조금 전, 우리 옆을 지나간 여학생을 '그냥 같은 반 애들'이라고 할 때도 그랬다.

그날 저녁, 나는 메모 앱을 열었다.

중학교에서 결코 일어나지 않았으면 하는 일
1. 에스펜과 다른 반이 되는 일
2. 헤디와 같은 반이 되는 일

이건 7개월 전, 새 학기가 시작되는 3월에 적어 둔 것이었다. 나는 발로 벽을 쿵쿵 치면서 그 밑에다 이어 적었다.

3. 에스펜이 나 말고 다른 아이를 좋아하는 일

손가락을 움직여 화면에 보이는 글자들을 모두 선택했다. 푸른색 사각형 안에 갇힌 글자들을 가만히 바라보았다. 지울까, 그냥 둘까? 심장 박동이 빨라졌다. 그만큼 벽을 차는 발꿈치 소리도 빨라지기 시작했다.
나는 숨을 내쉬고 발 차기를 멈췄다. 마음을 고쳐먹었다. 글자들은 여전히 그 자리에 있었다.

수업이 시작되기 전, 에스펜과 요거트를 사 먹으러 가는 길이었다. 매점 앞 게시판을 지나던 에스펜이 발걸음을 우뚝 멈췄다.

핼러윈 파티!!!!!

초등학교 때는 잘 몰랐는데, 중학교에 오니까 학교 행사가 꽤 많았다. 게다가 이번 행사는 홍보를 하도 많이 해서, 이런 일에 도통 관심이 없는 나조차 중요하다고 느낄 정도였다. 물론 에스펜의 생각은 나와 좀 다른 듯했지만.

"세상에서 제일 바보 같은 포스터네."

순간, 속으로 뜨끔했다. 나는 에스펜의 눈치를 살피며 포스터를 처음 본 것처럼 반응하려고 애썼다. 하지만 쉽지 않았다. 게시판이라는 게시판에는 모조리 붙어 있는 저 거대한 노란색 포스터를 못 보고 지나치기가 더 힘든 일 아닌가. 심지어는 메일로도 날아왔는데…….

에스펜이 말을 이었다.

"이상한 옷을 입고 다른 모습으로 변장하는 건 세상에서 제일 바보 같은 짓이야."

그 말에 웃음이 터져 나왔다.

"왜 웃어?"

"네가 그런 말을 하는 게 웃겨서. 지금 입고 있는 옷을 좀 봐."

에스펜은 영문을 모르겠다는 표정으로 자신의 빨간 바지와 노란 신발을 내려다보았다. 그러고는 한쪽 다리를 쑥 내밀어 보이며 뻔뻔하게 말했다.

"이게 뭐 어때서? 아, 혹시 저 파티에 관심 있어서 그래?"

나는 최대한 흥미 없어 보이길 바라면서 말을 얼버무렸다.

"아니, 그렇다기보다는……. 하지만 다른 아이들이 변장한 모습을 보는 건 재미있을 것 같아."

에스펜은 고개를 절레절레 저었다. 에스펜과 나는 지금껏 학교 파티에 간 적이 단 한 번도 없었다. 아니, 오히려 그런 날이면 다른 일을 꾸며서 일부러 빠지곤 했다.

"핼러윈 파티니까 분장을 하고 가면을 쓰면 서로 누군지 모르잖아. 그러면 마음 놓고 다른 아이들을 관찰할 수도 있겠지."

에스펜이 실소를 터뜨렸다.

"진심이야? 겨우 다른 아이들을 보려고 귀신 같은 분장을 하겠다고?"

"꼭 귀신 분장을 하자는 건 아니지만……. 괜찮지 않아?"

"너, 어디 아파?"

에스펜이 손으로 내 이마를 짚었다.

"장난하지 마. 너는 학교 파티를 왜 그렇게 싫어해?"

문득 에스펜의 입가에 비뚠 미소가 떠올랐다.

"정 가고 싶으면 너 혼자 가. 난 다른 애들이랑 집에서 영화나

볼래."

나는 잠시 머뭇거리다가 고개를 저었다. 에스펜이 내가 아닌 다른 아이들과 집에서 영화를 보는 건 생각만으로도 기분이 별로 좋지 않았다. 대체 누구랑 영화를 보고 싶은 걸까?

"난 너랑 가고 싶었던 것뿐이야. 혼자 갈 생각은 없어."

에스펜은 포스터를 잠시 쳐다보다가 내게 물었다.

"딸기 요거트 먹을 거지?"

나는 고개를 끄덕였다. 에스펜은 매점 문을 열더니 이내 안으로 사라졌다. 핼러윈 파티 포스터를 한 번 더 바라보았다. 저런 행사에 관심이 없다는 에스펜의 말은 진심일 터였다. 나도 에스펜처럼 이런 일에 무관심할 수 있으면 좋겠다는 생각이 들었다. 하지만 불행하게도 파티에 가고 싶은 내 마음에는 조금도 변함이 없었다.

"처음에는 반려동물 페이지를 만들까 했어."

복도에 있는 아이들의 시선이 헤디에게로 쏠렸다. 수업이 시작되려면 시간이 꽤 남았는데, 헤디 주변에는 벌써 다섯 명이나 모여 있었다. 과제는 아직 계획 단계였지만, 헤디는 이미 무언가를 시작한 모양이었다.

"반려동물은 이미 유행이 지났잖아? 아, 사라 널 나무라려는 건 아니니까 오해하지 마."

사라가 괜찮다는 듯 어깨를 으쓱했다. 나머지 네 명도 목이 떨어져라 열심히 고개를 끄덕였다.

"그래서 떠올렸지. 내 머리카락을 주제로 뭔가 해 볼까 하고. 어때, 꽤 좋은 아이디어 같지 않아? 혹시 나만 그래?"

헤디가 휴대폰을 아이들에게 돌려 가며 사진을 보여 주었다. 휴대폰에는 한껏 꾸민 머리 모양을 다양한 각도에서 찍은 사진이 가득 들어 있었다.

"어젯밤에 시험 삼아 한 장 올려 봤는데……. 이것 봐, 친구 요청이 늘었어! 꽤 먹히는 아이디어였나 봐. 오, 예!"

율리아가 적절한 순간에 웃음을 터뜨렸다. 사라를 비롯해 다른 아이들은 헤디의 휴대폰을 들여다보고선 온갖 호들갑을 다 떨며 열성적으로 반응했다.

그 모습을 만족스럽게 지켜보던 헤디가 한 발짝 뒤로 물러났다. 그러고는 양 볼을 쏙 집어넣은 특유의 표정을 지은 채 머리카락을 뒤로 쓱 쓸어 넘겼다. 마치 자신을 찍으려고 숨어 있는 누군가를 위해 포즈를 취하는 것처럼.

문득 헤디의 시선이 내게 닿았다. 아차, 눈이 마주치고 말았다. 나는 얼른 고개를 숙였다.

"마리에, 넌 계속 내게 친구 요청을 하지 않을 거니?"

나는 고개를 들고는 멀뚱멀뚱한 표정을 지었다. '응.'이라고 대답하고 싶었지만 용기가 부족했다.

"네 휴대폰 줘. 내가 대신 해 줄게."

순간, 사진을 구경하던 아이들의 시선이 내게로 쏠렸다.

"어……, 나중에 할게. 내가……, 그게……, 배터리가 얼마 안 남았거든."

내 대답이 마음에 썩 들지 않았는지 헤디가 눈동자를 희번덕거렸다.

"뭐……, 그래. 그나저나 그 귀신 같은 머리는 언제까지 그대로 둘 거니? 기분 나쁘라고 하는 말은 아니고, 헤어스타일을 좀 바꾸면 훨씬 달라 보일 것 같아서."

풋! 율리아가 바람 빠지는 소리를 냈다. 다른 아이들도 서로 눈을 마주치며 키득키득 웃음을 터뜨렸다.

"겁내지 마, 마리에! 그냥 조금 매만져 주려는 거니까."

헤디가 성큼 다가와 내 앞머리에 손을 올렸다. 몸을 뒤로 빼고 싶었지만 하필 뒤쪽에 벽이 있어서 그럴 수가 없었다. 율리아는 끝내 손으로 입을 틀어막고 웃기 시작했다. 대체 뭐가 저렇게 웃기다는 걸까?

헤디가 손가락으로 내 앞머리를 빗어 내리면서 한숨을 푹 내쉬었다. 그리고 내게만 들릴 정도로 나직하게 말했다.

"네 일상이 이렇듯 재미없고 지루하다는 게 이상하지 않아? 너희 엄마랑은 완전 정반대잖아."

나는 헤디에게 마구 퍼붓고 싶었다. 아주 못 돼먹은 아이라고.

하지만 입이 떨어지지 않았다. 그 애 말이 틀리기는커녕, 나조차도 전적으로 동의할 만했기 때문이다.

때맞춰 클라스 선생님이 나타났다. 나는 더더욱 입을 열 수 없었다.

"자, 벌써 뭔가 슬슬 올라오고 있는 것 같던데……."

클라스 선생님은 교탁 앞에 서서 다리를 흔들며 말했다. 누군가가 벌써 과제를 시작했다는 사실이 아주 만족스러운 것 같았다. 나는 오히려 정해진 규칙을 지키지 않은 것에 주의를 줘야 한다고 생각했지만……. 물론 그건 어디까지나 나 혼자만의 생각이었다.

"음, 누구는 자신의 헤어스타일로 페이지를 만든 것 같더구나. 반응이 아주 좋던데? 반려동물 페이지를 만든 사람도 있고, 요리와 관련된 포스팅을 하는 사람도 있고……. 방 꾸미기는 안네 리네, 네가 올린 거지?"

아이들의 시선이 쏠리자, 안네 리네가 얼굴을 붉히며 고개를 숙였다. 반면에 헤디와 율리아는 고개를 더욱더 빳빳이 들었다.

"모두 뒤처지지 않도록 시대의 흐름을 잘 읽어야 해. 그런 의미에서 오늘은 세상에서 벌어지고 있는 일들을 함께 살펴보도록 하자. 최근 유튜브에서 반응이 좋은 영상 몇 편을 보여 줄 테니, 과제를 하는 데 도움이 되길 바란다."

폴이 작게 '아싸!'라고 외치며 교과서를 탁 덮었다. 헤디는 율리아에게 머리를 기댔고, 나는 한숨을 푹 내쉬었다.

"일단 빵 터지는 실수 영상을 몇 편 보자. 분위기를 좀 띄워야 하니까. 가벼운 마음으로 보도록 해."

선생님이 내게 슬쩍 윙크하며 재생 버튼을 눌렀다. 덩치 큰 남자가 킥보드를 타고 가다가 투명 벽에 부딪혀 나동그라지는 장면이 나왔다. 모두들 큰 소리로 웃음을 터뜨렸다. 나는 눈을 감고서 얼른 쉬는 시간이 되기만을, 아니 한 달이 잽싸게 지나가 이 과제가 어서 끝나기만을 바랐다.

"이게 헤디가 얘기했다는 그거야?"

에스펜이 휴대폰을 들어 보였다. 화면에 '헤디 스타일' 페이지가 떠 있었다.

"응, 맞아. 그 아래 카테고리의 헤어 프로필."

'헤어 프로필', 헤어스타일을 주제로 하는 페이지라니……. 머릿결이 좋은 데다 색깔까지 특별한 헤디만이 할 수 있는 주제였다. 에스펜이 혀를 차며 게시물 중 하나를 눌렀다. 그러고는 함께 볼 수 있도록 휴대폰을 높이 들고선 다른 한 손을 내 무릎 위에 얹었다. 순간, 에스펜의 손에서 온기가 전해졌다.

"여기, 이건 꼭 세상의 종말을 묘사한 것 같네."

영상 속의 헤디가 머리칼을 찰랑이며 흔들고 있었다. 화면이 거꾸로 뒤집어졌다가 돌아오기를 반복하더니, 헤디 주위를 정신없이 빙글빙글 돌았다.

에스펜은 마치 못 볼 걸 봤다는 듯 인상을 팍 썼다. 그러다가 나와 눈이 마주치자 갑자기 표정을 싹 바꾸어 씩 웃었다. 왠지 모르게 눈앞의 광경이 슬로우 모션처럼 늘어졌다. 하얀 뺨을 비추던 가느다란 햇살이 에스펜의 얼굴을 환하게 감쌌다. 에스펜의 눈동자가 원래 저런 색깔이었던가?

"마리에, 너는 절대 이런 짓 하지 마."

그제야 모든 것이 제 속도로 되돌아왔다. 나는 숨을 깊이 들이마셨다.

"이런 짓이라니?"

"이거 말이야, 이거."

에스펜이 헤디의 영상을 가리키며 턱짓을 했다. 나는 고개를 끄덕였다. 그건 조금도 어렵지 않았다. 아니, 아무리 안간힘을 쓰며 노력한다 해도 절대로 할 수 없는 일이었다.

"당연하지."

내가 웃기다고?

온 거실에 커다란 봉투가 마구 흩어져 있었다. 엄마가 리뷰해 주길 바라는 옷들이었다. 내일은 토요일이지만 블로거에게는 휴일이 따로 없었다.

"마리에, 이 중에 너한테 잘 어울리는 옷도 있을 거야!"

엄마가 봉투를 이것저것 한참이나 뒤적였다.

"어디 보자⋯⋯, 이거 어때?"

그러고는 보풀보풀한 흰색 스웨터를 꺼내어 높이 치켜들었다. 옷에서 뭔가가 후드득 떨어졌다. 갑자기 재채기가 훅 터져 나왔다.

"새털이에요?"

"에췌! 세상에! 그런가 봐."

엄마가 손사레를 치며 얼굴에 붙은 새털을 하나씩 떼어 냈다. 하지만 립글로스를 바른 입술에 붙은 새털 하나는 끝끝내 떨어지지 않았다.

"어……, 그건 안 입을래요."

"그래……, 이건……, 퉤, 퉤! 이건 전혀 실용적이지가 않네."

엄마는 흰 스웨터를 대충 던져 놓고선 다른 옷을 골라 들었다. 이번에 꺼낸 건 보라색 스웨터였다.

"이건 어때? 너한테 아주 잘 어울리는 색이야, 정말로."

이번에도 거절하려고 했지만 자세히 보니 꽤 예뻤다. 물론 엄마 말과 달리 내게 어울릴 것 같지는 않았지만.

"색이 너무 짙잖아요."

"색이 짙다고? 마리에, 이건 평범한 보라색이야. 너도 이제 무채색에서 좀 벗어나야지. 일단 입어 보기나 해 봐."

내가 꾸물거리자 엄마가 재촉했다.

"얼른!"

"……알았어요."

나는 한숨을 폭 내쉬고는 스웨터에 머리를 집어넣었다. 이미 사진 찍을 준비를 마친 엄마는 내 머리가 스웨터 밖으로 나오기도 전에 소리를 빽 질렀다.

"와! 네가 만약 브이로그를 찍는다면 이건 딱 섬네일 감이야.

진짜 예뻐, 마리에!"

찰칵, 찰칵.

정신없이 터지는 셔터 소리에 콧잔등이 연방 찡그려졌다. 하지만 엄마는 내 표정 따위는 신경도 쓰지 않았다.

"이것 좀 봐, 마리에. 옷 덕분에 네 눈동자가 더 선명해 보이잖아? 정말 예쁘다니까."

나는 보들보들한 스웨터를 손으로 쓸어내리며 사진을 차례로 넘겨 보았다.

"그러게요. 엄마 말씀이 맞는 것 같아요."

"이 옷을 입으면 모든 일이 술술 풀릴 것 같지 않니? 월요일에는 이걸 입고 학교에 가는 게 어때? 한 주를 멋지게 시작해 보는 거야."

엄마가 나를 와락 끌어안았다. 내가 그만하라며 어깨를 툭툭 치자, 그제야 포옹을 풀고선 다른 봉투로 고개를 돌렸다. 그사이에 거실 바닥은 아까 그 스웨터에서 빠진 새털로 아예 난장판이 되어 있었다.

"그사이에 스웨터가 날아다니기라도 했나? 맙소사! 거실 꼴이 이게 뭐야?"

나는 웃음을 터뜨리며 오른쪽 눈을 손등으로 슬쩍 문질렀다. 엄마 말씀대로 보라색 스웨터를 입으면 정말 눈이 더 예뻐 보일까? 아니, 눈만이 아니라 내 모습 자체가…….

새 스웨터 때문인지, 몸 곳곳이 간지러워서 가만히 있기가 힘들었다. 나는 육교 옆에서 두 발을 번갈아 뛰며 에스펜을 기다렸다. 바로 그 보라색 스웨터를 입고서.

사실 현관을 나서기 직전에 다른 스웨터로 갈아입으려고 했다. 그런데 엄마가 꼭 이 스웨터를 입어야 한다며 고집을 부렸다. 딱 한 번만 입고 가라는 부탁 아닌 부탁에 하는 수 없이 그대로 집을 나섰다.

"익숙하고 편한 것만 찾으면 특별한 일이 생기지 않아."

엄마가 부루퉁한 내 얼굴을 보고서 단호하게 말했다. 나도 딱히 말대꾸를 하지는 않았다. 조금은 특별한 일이 생기길 바라는 마음이 있었던 것 같기도…….

저 멀리서 내리막길을 달려 내려오는 에스펜의 모습이 보였다.

"미안해. 조금 늦었지?"

에스펜이 내 앞에 멈춰 서서 밝게 웃었다. 나도 씩 웃어 주었다. 그때 에스펜의 휴대폰에서 메시지 알림음이 울렸다. 휴대폰을 꺼내 내용을 확인하는 얼굴에 내게 보여 준 것보다 더 환한 미소가 가득 번졌다.

"……누구야?"

속으로는 신경이 쓰여 죽을 지경이었지만, 최대한 티 내지 않고 무덤덤하게 물었다.

"응, 과제를 같이 하기로 한 조원들."

그때 에스펜의 시선이 내 스웨터에 멈췄다. 나는 스웨터가 예뻐 보이길 바라면서 아래로 살짝 잡아당겼다.

"새 옷?"

나는 시침을 떼며 스웨터를 내려다보았다. 보들보들한 보라색 스웨터⋯⋯. 그동안 입어 온 옷들과는 사뭇 다른 스타일이었지만, 어색해 보이지 않게 반응하려고 애를 썼다.

"아, 이거? 엄마가 협찬받은 건데 나한테 잘 어울리는 것 같다며 입고 가라고 해서서."

나는 '내 눈동자가 스웨터와 잘 어울린다더라.'는 말까지 덧붙이고 싶었지만 차마 그러지는 못했다. 대신에 평소보다 눈을 크게 떴다. 고개를 쭉 빼고 눈을 여러 번 깜박이기도 했다. 굳이 말하지 않아도 에스펜이 내 의도를 알아주면 좋을 텐데⋯⋯. 턱과 아랫입술이 경련을 일으키듯 파르르 떨렸다.

하지만 에스펜은 그저 스웨터만 물끄러미 바라볼 뿐이었다. 그러고는 어깨를 으쓱하더니 웃음을 터뜨렸다.

"네 옷치고는 꽤 파격적이네."

에스펜은 학교를 향해 서둘러 발걸음을 옮겼다. 나는 그 뒤를 천천히 따랐다. 스웨터가 배 근처에서 돌돌 말려 올라갔다. 날씨는 몹시 더웠고, 살갗은 연방 따끔거렸다. 이럴 줄 알았다. 이 스웨터를 입고 온 건 크나큰 실수였다.

보라색은 재앙이었다. 아니, 나 자체가 재앙이었다.

학교 도서관은 몹시 무더웠다. 내 기분은 조금도 좋아지지 않았다. 나와 에스펜은 도서관의 맨 구석, 즉 역사 구역 근처의 책상에 나란히 앉았다. 도서관 안에 아무도 없어서 매우 조용했다. 그래서 오늘은 굳이 목소리를 낮추지 않은 채 대화를 나누었다.

"이제 진짜로 포기해야 할 것 같아."

내가 땅이 꺼질 듯 한숨을 쉬자, 에스펜이 어이없다는 표정을 지었다.

"왜 그렇게 겁을 먹었어?"

"현실적으로 그렇잖아? 나는 앞 번호라서 나흘 뒤에 발표해야 하는데……. 완전 망했어."

나는 책상에 이마가 닿도록 고개를 푹 숙였다.

"금요일이면 반 아이들 앞에 서서 이렇게 말하겠지. '안녕, 나는 마리에라고 해. 나는……, 음……, 아무것도 아닌 평범한 아이야. 엄청나게 재미없어.'"

에스펜이 큰 소리로 웃음을 터뜨렸다.

"마리에, 넌 전혀 평범하지 않아."

나는 고개를 번쩍 들었다. 속에서 부아가 훅 치밀었다.

"지금 장난칠 기분 아니거든."

하지만 에스펜은 진지한 표정으로 말을 이었다.

"진짜야. 내가 아는 아이들 중에서 네가 제일 웃겨. 지난번 머리 모양이나 어정쩡한 춤, 또 입에서 캐비어가 튀어나오는 건 말할 것도 없지. 네가 보낸 메시지를 읽으면 기분이 참 좋아져."

얼굴이 순식간에 달아올랐다.

"정말이라니까! 나는 너랑 백만 시간도 넘게 알고 지낸 사람이야. 내가 너한테 허튼소리를 한 적 있어?"

에스펜이 내 눈을 지그시 바라보며 말을 이었다.

"너만이 가지고 있는 것들을 바탕으로 뭔가를 만들어 봐. 바로 그 어설프고 괴짜 같은 성향을 살리는 거지."

나는 침을 꿀꺽 삼켰다. 배 속이 간질간질했다. 에스펜은 지금 내가 어떤 기분을 느끼고 있는지 꿈에도 모르겠지?

"내가 좀 도와줄까? 학교 끝나고 우리 집에 가자. 더 얘기하다 보면 뭔가 나오겠지."

"어, 고마워……. 그런데……, 내가 그렇게 별종 같아?"

에스펜이 당연한 걸 왜 묻느냐는 듯한 말투로 대꾸했다.

"그런 면이 있지. 그러니까 너는 뭐든 그럭저럭 따라 하는데, 솔직히 말해서 멋있기보다는 좀 어설프게 해내잖아."

얄미운 말인데도 뒤에 덧붙인 말이 다정하게 와 닿았다.

"그렇지만 너는 뭔가 달라. 내 눈이 맞아."

얼굴이 다시 뜨거워졌다. 심장이 어찌나 쿵쿵 뛰는지 흡사 밖으로 튀어나올 것만 같았다. 그런데도 애써 미소를 짓고 있자니, 입꼬리가 바들바들 떨렸다.

곰곰 생각해 보니 에스펜의 말이 틀린 것도 아니었다. 사실 나를 매우 객관적으로 판단한 말이었다. 에스펜이 그렇게 생각했다는 건 남들 눈에도 그리 보였다는 뜻이겠지? 하지만 아무래도 상관없었다. 중요한 건 에스펜이 인정해 준 모습이라는 거였다.

에스펜과 헤어져 교실로 돌아온 후, 가방에서 종이를 꺼냈다. 지난주에 에스펜이 볼까 봐 급하게 가방 속에 구겨 넣었던 바로 그 종이였다. 나는 종이를 쫙쫙 편 뒤, 적힌 것을 차근차근 읽었다. 그리고 펜을 들어 한 줄 덧붙였다.

웃김.

잠깐 생각하다가 마침표 위에 꼬리를 그렸다.

웃김?

펜 끝을 잘근잘근 씹었다. 물음표 밑의 점을 하트로 고쳐 보았다. 아무것도 아닌 작은 점이 금세 하트로 바뀌었다. 마음이 몽글몽글해졌다.

모태솔로. (누굴 좋아해 본 적도 없었던 것 같음.)

잠깐 고민하다가 바로 위 문장에 죽죽 줄을 그었다.

그날 오후에는 에스펜의 집으로 향했다. 에스펜은 자기 엄마 방에서 마스카라와 립스틱을 가져왔다. 나는 그것을 보자마자 얼굴을 확 찌푸렸다.

"이게 정말로 웃길까?"

"일단 해 보는 거지. 꼭 웃길 필요까진 없고."

우리 학년 아이들은 대부분 화장을 하고 다녔다. 하지만 나는 한 번도 화장을 해 본 적이 없었다. 그 첫 시도를 카메라 앞에서 하는 것이 과연 좋은 생각일까? 영 떨떠름한 기분이었다.

에스펜이 휴대폰에서 사진 한 장을 골라 보여 주었다. 긴 머리카락과 도톰한 입술을 가진 여자아이가 짙게 화장을 하고서 포즈를 취하고 있었다.

"너도 이렇게 보일 거야. 제대로 따라 한다면 말이지."

저건 놀리는 말이 분명했다. 화면 속의 소녀는 기본 골격이 무척 예뻤기 때문이다. 그나저나 저 사진은 미리 저장해 둔 건가? 아니면 방금 검색을 해서 찾은 사진인가?

"저기서 찍으면 되겠다."

우리는 방에서 빛이 가장 잘 들어오는 곳으로 자리를 옮겼다. 에스펜은 휴대폰을 삼각대에 고정시킨 뒤 카메라에 잡히지 않는 곳에 서서 손거울을 받쳐 들었다. 그리고 녹화 버튼을 누른 후, 천천히 고개를 끄덕였다. 이제는 시작하는 수밖에 없었다.

나는 마스카라를 집어 들었다. 그리고 마스카라 액이 묻은 끈

적끈적한 솔을 속눈썹으로 가져갔다. 어딘가에서 본 것처럼 지그재그로 움직여 보았지만 마음처럼 잘되지 않았다.

"아얏! 아우, 따가워라!"

눈꺼풀 점막에 까만 점이 생겼다. 꼭 축축한 회색 장막으로 덮인 채 세상을 보는 것만 같았다. 에스펜이 와락 웃음을 터뜨리는 바람에 카메라가 마구 흔들렸다. 하지만 녹화를 멈추지는 않았다. 나는 화장지를 뽑아서 커다란 자국을 대충 지운 뒤 심호흡을 했다.

"좋아, 이게 뭐라고. 다들 매일 바르는 건데 어려울 거 있겠어?"

나는 카메라를 향해 미소를 지었다.

"행운을 빌어 줘."

그렇게 오 분 정도 씨름한 후에야 양쪽 속눈썹에 마스카라를 무사히 발랐다. 한쪽 눈 밑이 시커매지긴 했지만 생각보다 나쁘진 않았다.

"하하하, 완전 웃겼어!"

에스펜이 한 손으로 얼굴을 가리며 폭소를 터뜨렸다.

"마스카라 바르는 데 오 분이 넘게 걸리는 사람은 처음 봐. 마리에, 내가 그랬잖아. 넌 정말 웃기다니까."

그러고는 내 한쪽 어깨를 감싸서 끌어당긴 뒤 머리에 입을 맞추었다. 솔직히 여동생한테 하는 느낌이긴 했다. 하지만 정수리면 뭐 어때? 어디에 어떻게 입을 맞추든, 입맞춤은 입맞춤이었다.

"잘 찍힌 것 같아?"

"당연하지. 편집한 다음에 배경 음악까지 넣으면 훨씬 더 괜찮을 거야. 두고 봐, 분명 헤디보다 네가 더 유명해질걸? 자, 이제 이걸 해 보자."

에스펜이 립스틱과 아이섀도를 건넸다.

두 시간이 지난 후, 우리는 동영상 세 편을 완성했다. 처음으로 화장을 시도하는 영상, 가장 좋아하는 걸그룹의 춤을 추는 영상, 그리고 요즘 유행하는 헤어스타일에 도전하는 영상이었다.

에스펜의 말은 틀리지 않았다. 영상 속의 나는 꽤 웃겼다. 물론 부끄러운 마음이 들기는 했지만, 웃기다는 건 인정하지 않을 수 없었다.

에스펜이 편집을 마친 후, 클렌징 티슈로 화장을 지우는 나를 물끄러미 바라보았다.

"이제 유튜브에 업로드할까?"

나는 고개를 끄덕였지만 차마 인터넷에 올리는 모습까지 볼 용기는 나지 않았다. 두 손으로 얼굴을 가렸다.

"내키지 않으면 올리지 않아도 돼."

그때 컴퓨터에서 내 비명 소리가 들려왔다. 맨 처음 마스카라 솔로 눈을 찔렀던 장면이었다. 얼굴을 가렸던 손을 슬쩍 내렸다.

"아냐, 괜찮아. 올리자."

딸깍.

"좋아, 이젠 반응을 기다려 보자."

두 손을 무릎 위에 가지런히 모으고 모니터를 뚫어지게 바라봤다. 세 편의 영상과 한 개의 해시태그, 내 얼굴이 담긴 섬네일 밑에 '#엉뚱 발랄'이라는 해시태그가 붙어 있었다.

그날 밤, '헤디의 헤어 프로필' 페이지에도 새로운 포스팅이 떴다. 율리아의 연갈색 곱슬머리와 헤디의 금발을 같이 땋아 내린 뒷모습이었다. 연갈색과 황금색, 풍성하고 반짝이는 아름다움. 그리고 '#우정의 헤어스타일'.

나는 베개를 베고 누워, 팔을 천장 쪽으로 쭉 밀어 올렸다. 만약 에스펜과 내가 같은 주제로 우리 식의 영상을 찍는다면 어떤 모습일까?

에스펜의 머리칼은 짧고 보라색인데, 내 머리는 길고 검붉었다. 내 머리를 에스펜에게 얹어 가발처럼 보이도록 하는 게 웃길지도 모르겠다는 생각이 들었다. 하지만 그렇게 하려면 우리 둘이 아주 가깝게 붙어야 할 텐데, 그러면…….

상상이 이어지자 심장이 또 콩콩 뛰었다. 아무리 헛기침을 해도 간질거리는 기분이 사라지지 않았다.

나는 낮에 업로드한 영상을 다시 재생했다. 하늘을 나는 듯 콩닥콩닥 뛰던 가슴이 납덩이를 매단 듯 훅 무거워졌다. 후다닥 몸을 일으켜 메모장을 열었다. 생각을 정리해야만 했다. 그래야 마음의 준비도 할 수 있으니까.

과제 발표 날에 생길 수 있는 최악의 상황

1. 발표 중에 호흡 곤란으로 기절하는 일

2. '엉뚱한 아이'로 낙인찍히는 일

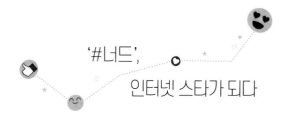

‘#너드’,
인터넷 스타가 되다

교실 안이 북적였다. 아이들은 저마다 노트북이나 태블릿 PC, 휴대폰을 앞에 두고 앉아 있었다. 교실의 연두색 벽이 오늘따라 더욱 반짝거리는 것 같았다. 창을 통해 새어 들어오는 빛도 여느 때보다 훨씬 선명했다.

앞에서는 프레드릭이 한창 발표 중이었다. 프레드릭은 ‘할머니의 예언’이라는 페이지를 만들었다. 잠에 빠진 할머니의 고갯짓으로 축구 경기의 승리를 점치는 영상이었다.

“의자에 앉은 할머니가 꾸벅꾸벅 졸기 시작합니다. 할머니의 머리가 어느 쪽으로 기우는지 다 같이 보도록 하죠. 그쪽이 오늘의 우승팀입니다.”

영상이 시작되었다. 프레드릭은 왼손에 스타르트 팀의 깃발을, 오른손에는 로센보르그 팀의 깃발을 들고 할머니 뒤쪽에 앉았다.

가느다랗게 코 고는 소리가 들리는가 싶더니, 할머니의 머리가 양쪽으로 조금씩 흔들리기 시작했다. 처음엔 왼쪽으로 기우는 것 같다가, 곧 오른쪽으로 천천히 움직였다. 한참을 번갈아 기웃거리던 할머니의 고개가 갑자기 왼쪽으로 기울어진 채 한참 동안 그대로 가만히 있었다. 이윽고 영상은 할머니의 코 고는 소리와 함께 끝이 났다.

아이들이 손뼉을 치며 환호하자, 프레드릭은 만족스런 얼굴로 고개를 숙여 인사했다. 클라스 선생님도 흡족한 표정을 지었다.

"할머니의 예언! 정말 훌륭한 아이디어야! 다음 차례가 누구인지는 모르겠지만, 프레드릭의 영상만큼 재미있기는 쉽지 않을 것 같은데?"

선생님이 출석부를 확인하고는 내 이름을 불렀다. 나는 노트북을 들고 앞으로 나갔다. 빔 프로젝터에 케이블을 연결하고 인터넷이 되는지 확인한 후, 뒤로 한 발짝 물러섰다.

"어……, 안녕. 나는……, 다들 알겠지만……, 마리에라고 해."

여기저기서 킥킥 웃는 소리가 들려왔다. 턱 끝에 바위가 달린 것처럼 고개가 자꾸 아래로 떨구어졌다.

"나는 세 편의 영상을 만들었어. 모두 내가 뭔가를 시도하는 영상이야. 어⋯⋯, 그동안 내가 해 보지 않았던 일, 또 평소에 잘 하지 못했던 일들을 시도해 봤어."

웃음을 참느라 애쓰는 헤디와 율리아의 모습이 얼핏 보였다.

"나는 뭘 해도 좀 어설퍼. 내 친구가 그러는데, 나 같은 사람을 '너드'라고 부른다더라고. 나랑 같은 초등학교를 다닌 친구들은 아마 어떤 느낌인지 알 거라고 생각해."

나는 교탁 옆의 창문으로 시선을 돌렸다. 창문은 열려 있었고, 교실은 일 층이었다. 마음만 먹으면 당장이라도 창문 밖으로 도망칠 수 있었다. 하지만 나는 도망치는 대신, 재생 버튼을 꾹 눌렀다.

프로젝터 화면이 밝아지면서 내 목소리가 교실 안에 울려 퍼졌다. 화면에서 들려오는 목소리는 퍽 이상하고 어색했다. 꼭 감자를 먹다가 목이 메어 어쩔 줄 몰라 하는 사람 같았다. 그동안 다른 사람들은 이런 목소리를 쭉 들었던 걸까?

"오늘은 이 헤어스타일을 시도해 볼 거야."

화면 속의 감자 먹은 목소리가 말했다.

나는 바닥에 고정했던 시선을 천천히 들어 화면을 보았다. 그 안에 머리카락이 엉망진창인 내가 있었다. 언뜻 보면 털이 북실북실한 양 같았다. 그때 누군가가 작게 웃음을 터뜨렸다.

다음 영상이 재생되었다. 하얀 벽 앞에 선 내가 에스펜 엄마의 옷장에서 찾아낸 화려한 치마를 입고 있었다.

"내가 좋아하는 그룹의 신곡인데, 춤이 꽤 멋있더라고."

영상 속의 내가 엉덩이를 살짝 흔들면서 뭔가를 추려고 시도 했다. 물론 그건 춤이라기보다는 꼭 경련을 일으키는 것처럼 보 였다. 빨간색 꽃무늬 치마가 리듬과 전혀 상관없이 사방팔방으 로 나부꼈다. 아이들의 웃음소리가 치맛자락을 따라 파도처럼 높이 솟아올랐다가 내려갔다가를 반복했다.

마지막으로 화장을 하는 영상이 재생되었다.

"아얏!"

내 비명에 맞춰 아이들의 웃음소리가 더욱 커졌다. 그 반응에 헤디가 안절부절못하며 몸을 배배 틀었다. 율리아가 눈치 없이 소리 내어 웃다가, 헤디가 째려보자 후다닥 입을 다물었다.

영상은 화장을 마친 내 얼굴과 내가 참고했던 소녀의 사진을 비교하는 장면으로 끝이 났다. 아이들이 모두 배꼽을 잡고 웃었 다. 심지어 마지막에는 헤디까지 피식 웃음을 터뜨렸다.

"와, 마리에!"

"정말 대단하다!"

클라스 선생님이 아주 흡족한 표정으로 박수를 쳤다. 아이들 도 선생님을 따라 박수를 치기 시작했다.

"해시태그 '너드'. 영상이 끝나기도 전에 바로 구독 버튼을 눌 렀지 뭐야. 그것 봐, 내가 뭐라고 했니? 사람들에게는 저마다의 특별함이 있다고 했잖아, 마리에."

그러고는 의미심장하게 한마디를 더 덧붙였다.

"어쩌면 새로운 SNS 스타가 탄생할지도 모르겠는걸."

순간, 나를 노려보는 헤디와 눈이 마주쳤다.

'내가 SNS 스타가 된다고? 말도 안 돼. 세상 사람들이 모두 정신이 나가지 않는 한 그럴 리가 없어…….'

거실에서 영상을 보던 엄마가 고개를 뒤로 젖히며 폭소를 터뜨렸다.

"마리에, 이거 정말 재미있다! 진짜 멋있어! 어떻게 이런 영상을 다 찍었어?"

얼굴이 화끈거렸다. 열성적인 반응이 부끄럽기도 하고 기쁘기도 했다.

"대체 언제 찍은 거야?"

"며칠 전에 에스펜네 집에서요. 어제 수업 시간에 발표했고요."

엄마가 스크롤바를 아래로 내렸다. 노트북 옆에는 아침에 먹고 남은 음식들이 아무렇게나 널브러져 있었다.

"혹시 다른 건 더 없니?"

나는 고개를 저었다.

"없어요. 그것도 겨우 찍었는걸요."

"더 찍어 보는 게 어때? 다른 도전도 보고 싶은데!"

미소를 활짝 짓고 있던 엄마의 눈가가 금세 촉촉해졌다. 엄마는 자못 감동적이라는 표정으로 두 팔을 벌려 나를 와락 끌어안았다.

"네가 해낼 줄 알았어."

엄마 목소리가 내 푸른색 스웨터에 묻혀 아스라이 맴돌았다. 하지만 내 귀에는 똑똑하게 들렸다. 엄마의 입김 때문에 어깨가 따뜻해졌다. 내 마음도 함께 따스해졌다.

엄마가 한 발짝 뒤로 물러서면서 손가락으로 하트를 만들었다. 나는 웃음을 터뜨리며 엄마의 옆구리를 살짝 찔렀다.

"엄마! 그런 건 하지 마세요. 너무 유치해요."

"유치하다고? 이건 내 진심이야! 엄마 생각엔 네 영상이 엄청 인기 있을 것 같은데?"

나는 헛기침을 하면서 무덤덤해 보이려고 애썼다. 하지만 마음 깊은 곳에선 엄마 말씀처럼 되길 바라는 소망이 새록새록 커졌다. 한편으로는 기대할수록 실망이 커질 거라는 두려움도 자라났다. 두 가지 감정이 맞부딪쳐 자꾸만 울렁댔다.

"앞으로는 내 블로그에도 해시태그를 붙여야겠어. '#너드의 엄마', 어때? 괜찮지 않아?"

"안 돼요!"

엄마가 인상을 쓰며 나를 빤히 바라보았다. 그래도 나는 단호하게 고개를 저었다.

"왜, 어때서 그래? 나중에 둘이서 함께 뭔가 만들어 올리게 될지도 모르잖아?"

엄마가 씩 웃었다. 생각해 보니 나쁜 아이디어는 아니었다. 나는 풀어지는 표정을 짐짓 감추려고 애써 얼굴을 굳혔다.

"언젠가는 그럴지도 모르지만……, 그래도 아직은…….."

엄마는 그제서야 만족스런 표정을 지었다.

"블로그를 미리 하나 만들어야겠어. 그러면 네 마음이 바뀌었을 때 바로 포스팅할 수 있을 테니까. 당장 내일이라도!"

나는 결국 웃음을 터뜨리면서 에스펜에게 메시지를 보냈다.

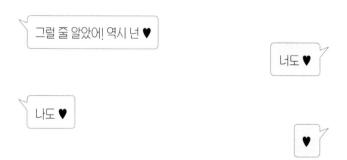

딩동! 곧장 답장이 왔다.

나는 우리가 주고받은 메시지를 다섯 번이나 읽은 다음에야 겨우 휴대폰을 내려놓았다.

"안녕, 너드! 네가 올린 영상 봤어. 재밌더라!"

2학년인 다니엘 선배였다.

"……고맙습니다."

큰 소리로 대답하고 싶었지만, 하도 기뻐서 목소리가 제대로 나오지 않았다. 대신에 얼굴 가득 미소를 지었다. 제대로 보였을지는 잘 모르겠지만.

에스펜이 반대쪽 복도에서 다가왔다. 주말 사이에 머리카락이 초록색으로 바뀌어 있었다.

"안녕, 너드!"

에스펜은 다짜고짜 내 어깨에 팔을 두르며 인사를 건넸다. 얇은 스웨터 위로 따뜻하고 묵직한 온기가 느껴졌다.

"오늘 아침은 모두 네 영상 이야기로 시끌벅적하더라."

"정말?"

"응, 특히 화장하는 영상이 인기가 많은 것 같아. 립스틱으로 이를 새빨갛게 칠한 그 장면을 다들 최고로 꼽던걸. 우리 반 레아는 그 영상을 열 번이나 봤대."

에스펜이 내 머리칼을 손으로 휙 휘저었다. 또 여동생 취급……. 그런데 레아가 누구지? 처음 듣는 이름이었다.

"헤디의 기분은 지금쯤 바닥을 치고 있을 거야."

"왜?"

"네 영상의 '좋아요' 수가 헤디보다 훨씬 더 많더라고."

나도 모르게 입이 쩍 벌어졌다. 이런 일이 일어날 줄은 꿈에도 생각지 못했다. 물론 어제 하루 만에 구독자 수가 300명을 넘긴 했지만.

"마리에, 헤디를 따라잡는 건 시간문제야."

"말도 안 돼. 이거, 몰래 카메라는 아니겠지?"

"오늘은 축하의 의미로 아이스크림을 먹자. 그리고 영상을 한 편 더 만드는 거야. 아, 아이스크림 먹는 장면도 찍을래? 넌 뭔가를 먹을 때 턱에 구멍이라도 난 것처럼 줄줄 흘리잖아?"

에스펜이 한 말 때문이었을까? 수업이 시작되었는데도 도무지 집중할 수가 없었다. 내 영상을 얼마나 많은 사람들이 보는지, 또 얼마나 많은 댓글이 달리는지 계속 확인하고 싶었다. '좋아요' 개수가 얼마큼 늘어나는지도…….

하트, 구독자, '좋아요' 두 개
그리고 새로운 하트, 구독자 두 명 증가

댓글들을 읽고 또 읽었다. 영상을 보면서 진짜 많이 웃었다는 댓글이 대부분이었다. 눈물을 흘리는 스마일이나 하트 이모티콘을 달아 놓은 사람들도 많았다.

구독자 1349명. '좋아요' 하나 더!

새로운 구독자 총 1350명

그때 누군가가 헛기침을 했다.

"마리에? 그다음 부분을 읽어 봐."

영어 선생님이었다. 나는 내 책상 귀퉁이를 짚고 서 있는 선생님을 바라보며 멋쩍게 웃었다.

"수업 시간에 휴대폰 사용 금지인 거 알지?"

"네."

나는 휴대폰 화면이 보이지 않도록 뒤집었다. 하지만 그 정도로는 마음에 들지 않았는지 선생님이 고개를 삐딱하게 기울였다.

"전원을 꺼서 가방 속에 넣어, 마리에."

"네, 가방 속에……."

나는 몸을 숙여 휴대폰을 넣는 척하면서 소매 속에 재빠르게 숨겼다. 이렇게 하면 보이지는 않아도 진동음을 느낄 수는 있었다. 휴대폰은 영어 시간 내내 소매 안에서 울어 댔다.

방과 후에는 화장품과 스타킹을 사러 엄마랑 쇼핑몰에 갔다. 계산대 앞에 서 있는데, 여학생 세 명이 우리 쪽으로 슬금슬금 다가왔다. 고등학생 언니들이었다. 계산을 마친 물건을 봉지에 넣던 엄마의 눈길이 슬쩍 그쪽으로 향했다.

"459크로네입니다."

엄마는 신용카드를 꺼내 계산대 직원에게 내밀었다. 그 모습을 보고 있던 세 사람이 귓속말로 무언가를 속삭였다. 잠시 후, 그중 키가 가장 큰 언니가 엄마에게 다가와 말을 걸었다.

"저……, 궁금한 게 있는데요……. 방금 사신 마스카라 어때요? 괜찮은가요?"

나는 고개를 푹 숙였다. 지금처럼 처음 보는 사람들이 말을 거는 건 엄마와 다닐 때면 종종 겪는 일이었다. 엄마는 사람들의 관심을 좋아했지만, 나는 부끄러워서 뒤로 한발 물러나곤 했다.

엄마는 환히 웃으면서 봉지에 담았던 마스카라를 꺼냈다.

"이거 말이니? 아주 좋아. 강력 추천 제품이야."

키 큰 언니가 밝게 웃었다.

"감사합니다. 며칠 전에 아주머니 블로그를 보고 마스크 팩을 샀는데, 정말 좋더라고요."

"아, 그랬구나! 피부를 보니 알겠어. 반짝반짝 빛이 나네."

언니가 얼굴을 붉히며 자신의 볼을 손으로 쓰다듬었다. 분위기가 나쁘지 않아 보였는지, 뒤에 있던 언니들도 한 발짝 가까이 다가왔다.

"너희도 마스카라 사러 왔니?"

언니들이 동시에 고개를 끄덕였다. 그때 헤디와 율리아가 가게 안으로 들어왔다. 나를 먼저 발견한 율리아가 헤디에게 귓속말을 했고, 헤디가 내 쪽을 돌아보며 코웃음을 쳤다.

엄마는 말을 멈추지 않았다.

"참, 얘는 내 딸 마리야. 요즘 인터넷에서 조금 유명해졌는데…… 혹시 너희도 봤니?"

엄마가 내 옆구리를 살짝 찔렀다. 나는 엉거주춤한 자세로 인사를 했다. 셋 중 한 명이 고개를 끄덕였다.

"저, 봤어요. 너드 맞죠? 정말 재미있었어요."

"그렇지?!"

엄마 목소리가 높아졌다.

"아직 안 봤으면 너희도 꼭 찾아봐. 나도 그 영상을 보면서 정말 많이 웃었거든."

"어머, 그래요? 이따가 꼭 볼게요!"

엄마가 한쪽 손으로 내 어깨를 꽉 쥐었다. 어색하게 미소를 짓는 내 입꼬리가 파들파들 떨렸다. 얼굴도 화끈 달아올랐다. 엄마의 팔에서 그저 얼른 벗어나고 싶은 생각뿐이었다.

"엄마……, 팔 좀…….”

급기야 키 큰 언니가 가방에서 휴대폰을 꺼냈다.

"저랑 사진 좀 찍어 주실래요?"

"물론이지!"

그 틈에 나는 몸을 비틀어 엄마 팔에서 벗어났다. 그리고 잽싸게 그 자리를 벗어나려는 순간, 휴대폰을 든 언니가 나를 불러 세웠다.

"어디 가, 마리에? 너도 같이 찍자!"

나는 등을 돌려 언니를 바라보았다. 지금 나한테 사진을 찍자고 한 게 맞나?

"저요?"

"응, 당연히 너지. 얼른 이리 와!"

키 큰 언니가 엄마와 나 사이에 서서 어깨동무를 했다. 우리가 카메라 앞에서 포즈를 취하고 있을 때, 헤디와 율리아가 쇼핑을 마쳤는지 계산대로 다가왔다. 율리아가 헤디의 옆구리를 쿡 찌르며 귓속말을 했다.

키 큰 언니의 친구 중 한 명이 크게 외쳤다.

"자, 찍을게요!"

엄마가 소리 내어 웃었다. 헤디는 우리를 가만히 지켜보았다.

"하나, 둘, 셋. 치즈!"

나는 카메라를 향해 세 번이나 웃어야 했다. 세 사람이 번갈아 가며 사진을 찍었기 때문이다. 그사이에 헤디와 율리아는 가게를 나가고 없었다.

오랫동안 웃어서 그런지 얼굴이 뻣뻣했다. 엄마는 세 사람과 차례로 포옹을 한 후, 내게 귓속말로 속삭였다.

"거봐, 마리에. 너, 정말로 유명해졌어."

입꼬리는 얼얼했지만 슬쩍 번지는 미소를 감출 순 없었다.

SNS 퀸
헤디 클럽

에스펜이 방금 만든 영상을 편집하는 동안, 나는 옆에 앉아서 매직기로 태워 먹은 머리카락을 한참이나 잘라 냈다. 꼬불꼬불해진 머리칼을 보면서 깔깔 웃는 에스펜의 반응을 보니, 아마 이번 영상도 사람들의 관심을 꽤 받을 수 있을 것 같았다.

"매주 영상을 한 편 이상 업로드하는 게 좋겠어. 제대로 관리하지 않으면 유명세와 인기는 금방 사라지는 법이잖아."

에스펜이 말했다.

맞는 말이었다. 같은 영상에 '좋아요'를 두 번 누를 수는 없으니까. 게다가 엄청 재밌는 영상이라도 반복해서 보는 사람은 많지 않았다.

나는 유튜브의 알고리즘이 이끄는 대로 파도를 타며 패러디할 만한 영상을 찾기 시작했다. 그때 새로운 알림이 떴다.

"세상에, 이것 봐! 헤디가 자기 게시물에 나를 태그했어."

에스펜에게 화면을 보여 주었다.

"게다가 예전 영상에도 몽땅 '좋아요'를 눌렀네!"

"뭐? 설마 너, 그 무리에 들어간 거야? 'SNS 퀸 헤디 클럽'에?"

"그럴 리가 없잖아. 혹시 실수로 누른 것 아닐까?"

화면을 아래로 더 내려 보았다. 처음에 찍은 화장 영상에 달린 헤디의 댓글이 보였다. 눈물을 흘리며 웃는 이모티콘과 하트, 누가 봐도 분명히 하트였다.

에스펜이 못마땅한 표정으로 눈을 희번덕거렸다.

"대체 무슨 꿍꿍이지? 어휴! 개는 신경 쓰지 말고 쓸 만한 아이디어나 계속 찾아봐. 나도 찾아볼게."

"그래."

나는 순순히 고개를 끄덕였다. 그러고는 아이디어가 될 만한 영상 대신, 헤디의 댓글을 모조리 찾아 읽었다. 헤디가 누른 '좋아요'의 개수를 세는 동안, 내 가슴에서 하트 이모티콘이 뿡뿡 튀어 올랐다.

저녁 무렵, 에스펜이 자신의 프로필 페이지에 새로 찍은 영상의 링크를 올렸다. 나는 곧장 그 게시물을 클릭해 누가 '좋아요'를 눌렀는지 확인했다.

3학년인 스티안 선배와 헤디, 그리고 옆 반의 레아……. 레아는 하트가 담긴 댓글도 함께 남겼다. 평소라면 댓글 반응에 기뻐했겠지만, 이번에는 왠지 묘한 기분이 들었다. 그 하트가 꼭 에스펜을 향한 것 같았기 때문이다. 나는 에스펜의 프로필 페이지를 닫은 뒤, 우리가 그동안 주고받은 대화 창을 열었다.

　대화 창은 꽤 길었고, 하트로 가득했다. 심지어 에스펜이 보낸 하트가 내가 보낸 것보다 훨씬 더 많았다. 물론 그 하트에 어떤 의미가 담겨 있는지는 알 수 없었다. 우정의 하트일까, 아니면 그 이상의 의미일까?

　나는 대화 창에 새로운 하트를 입력하고 잠시 동안 기다렸다. 새빨간 하트……. 언뜻 우정의 하트처럼 보이지만 사실은 그보다 더 큰 의미를 담고 있었다.

　클릭! 전송.

　"올 거지?"

　헤디와 율리아가 대답을 재촉했다. 집에 가려고 에스펜을 기다리는 중이었다. 그런데 그 둘이 갑자기 다가오더니 다짜고짜 헤디네 집에 초대를 했다.

　"스페셜 게스트로 나와서 나랑 뭔가 해 보지 않을래? 구독자 질문에 답하는 라이브 방송도 좋고. 내일 어때? '너드와 할리우드의 만남'……, 진짜 좋은 생각이지? 완전 재미있을 거야."

율리아도 고개를 끄덕이며 맞장구를 쳤다.

"정말 재미있을 거야."

헤디가 미소를 지으며 고개를 뒤로 젖히더니 머리카락을 자연스럽게 뒤로 넘겼다. 나는 헤디가 저런 표정을 지을 때면 왠지 무서워져서 슬쩍 피하곤 했다. 하지만 지금은 바로 코앞에 있어서 눈을 돌릴 수도, 도망갈 수도 없었다. 어떻게든 대답을 해야만 했다.

"어, 글쎄……."

내일은 할 일이 있다는 핑계를 대고 싶었지만, 어떤 일이냐고 되물으면 딱히 답할 말이 없었다. 아주 곤란한 상황이었다.

"올 거지, 너드?"

"……알았어, 갈게."

나는 마지못해 고개를 끄덕이며 억지로 웃음을 지었다. 두 사람은 내게 환히 미소를 지어 주었다. 어쩌면 저 미소가 진심일지도 몰라. 왠지 그렇게 생각하고 싶었다.

두 사람이 사라지자마자 에스펜이 나타났다. 에스펜은 의아한 얼굴로 헤디와 율리아의 뒷모습을 바라보았다.

"무슨 일이야? 설마 쟤들이 너랑 대화를 나눈 거야?"

나는 아무 대답도 하지 않았다. 사실 두 사람과 이렇게 긴 대화를 나눴다는 것은 나로서도 실감이 안 나는 일이었다.

"마리에, 무슨 일이냐니까?"

에스펜이 내 얼굴 앞에서 손을 마구 저었다. 나는 에스펜의 손을 쳐 내며 대답했다.

"헤디가 내일 자기 집에 초대하겠대."

순간, 에스펜이 아주 큰 소리로 웃음을 터뜨렸다. 일부러 더 크게 웃는 건지 몸짓까지 과장된 느낌이 들었다.

"어휴, 소리 좀 낮춰!"

잠시 후 에스펜은 순식간에 웃음을 뚝 그치고선 못마땅한 표정을 지었다.

"네가 유명해지긴 했나 보다. 지난 몇 년 동안 헤디가 인사라도 제대로 건넨 적 있어? 그런데 너를 집으로 초대했다고? 맙소사! 그래서 뭐라고 대답했는데?"

"어⋯⋯, 그러겠다고 했어."

"뭐?"

"왜? 뭐가 잘못됐어?"

에스펜은 고개를 절레절레 저었다. 마치 내가 큰 잘못이라도 저지른 것처럼. 나는 에스펜의 반응이 이해가 되지 않았다. 헤디네 집에 초대받은 게 그렇듯 나쁜 일은 아니지 않나?

"그럼 뭐라고 했어야 하는데? 초대를 거절했어야 하니? 그것도 헤디의 초대를?"

"당연히 그랬어야지. 왜인지 알려 줄까? 첫째, 걔는 바보 멍청이야. 둘째, 너는 내일 나랑 전통 무용을 보러 가기로 했어."

갑자기 온몸의 피가 싹 식는 것 같았다. 잊어버릴 게 없어서 하필 그 약속을 까맣게 잊다니!

"헉, 미안! 일부러 그런 건 아니야……. 요즘 정신이 너무 없어서 깜빡 잊었나 봐."

에스펜은 슬며시 딴 데로 시선을 돌렸다. 나는 하도 민망해서 신발 끝에 걸린 작은 돌멩이만 괜스레 이리저리 굴렸다.

"하지만…… 이미 가겠다고 말했는데……. 게다가……."

헤디와의 약속을 어기는 것은 있을 수 없는 일이라는 걸 에스펜이 부디 이해해 주길 바랐다. 아니, 사실은 헤디와의 약속을 깰 용기가 없었다.

이윽고 에스펜이 내 눈을 쳐다보았다. 나를 똑바로 마주 봐 주는 친구는 지금껏 에스펜뿐이었다. 나는 그 사실이 항상 고마웠다. 하지만 지금은 아니었다. 눈을 피하며 어색하게 웃어 보았지만, 에스펜은 끝끝내 시선을 돌리지 않았다.

"그냥 못 간다고 하면 되잖아?"

"응, 하지만……."

나는 말끝을 흐렸다. 턱이 마비된 것 같았다. 헤디에게 못 가겠다고 하면……. 그럴 줄 알았다는 듯 율리아와 마주 보며 못마땅한 표정을 짓겠지. 나는 다시 예전처럼 투명인간 취급을 당할 테고.

"헤디가 기분 나빠 할 거야. 그리고……."

이 복잡한 상황을 왜 몰라주는 걸까? 나는 에스펜의 턱 끝을 바라보며 입술을 달싹였다.

"휴! 알았어, 마리에. 다른 친구를 찾아봐야지, 뭐."

에스펜은 곧 몸을 돌려 집을 향해 걷기 시작했다. 나는 그 등을 물끄러미 바라보다가, 조금 전까지 발로 굴리던 돌멩이를 힘껏 걷어찼다.

그때 문득 에스펜이 고개를 돌려 나를 불렀다.

"마리에, 안 갈 거야? 혹시 집에도 다른 애랑 가기로 한 건 아니지?"

나는 고개를 내젓고는 에스펜 옆으로 급히 뛰어갔다. 두 다리가 몹시 무거웠다. 우리는 집으로 가는 내내 아무 말도 하지 않았다.

침대에 누워 천장을 물끄러미 바라보았다. 며칠 전에 에스펜이 누워 있던 자리였다. 고개를 돌리자 의자에 걸린 수건이 보였다. 축구 시합에서 이긴 날, 에스펜에게 빌려줬던 바로 그 수건이.

"마리에!"

엄마가 부엌에서 소리쳐 불렀다. 하지만 나는 내 방에 계속 있고 싶었다. 벽을 보고, 휴대폰을 보고, 수건을 보면서……. 그리고 내일 무슨 옷을 입으면 좋을지 찬찬히 고민해 보고 싶었다.

저 수건에 에스펜의 냄새가 아직 남아 있을까? 팔을 쭉 뻗었다. 손이 닿을락 말락 했다. 몸을 조금 일으켜 수건을 휙 낚아챈 뒤 코 앞에 가져다 댔다. 그리고 숨을 깊이 들이마셨다. 눈을 꼭 감고서 어딘가에 남아 있을지도 모르는 에스펜의 체취를 찾으려고 애썼다.

섬유 유연제 향에 희미하게 섞인 에스펜의 냄새를 막 찾아낸 순간이었다.

"마리에?"

대답이 없어서 그런 걸까? 어느새 엄마가 방문 앞에 와 서 있었다. 나는 하도 놀라서 그만 수건을 휙 내던졌다. 심지어 몸을 벌떡 일으키다가 침대 옆 선반에 머리를 박기까지 했다.

"엄마! 노크 좀!"

"왜 그래? 수건에 코를 왜 파묻고 있어?"

엄마가 턱으로 수건을 가리키며 물었다.

"아, 아……, 그냥……. 콧물이 좀 나서요."

"세상에! 수건으로 코를 풀면 안 되지!"

"휴지가 너무 멀리 있어서 그랬어요."

엄마가 몸을 돌려 부엌으로 멀어지며 내게 소리쳤다.

"오늘 저녁은 파스타야. 글루텐 프리지만 꽤 괜찮을 거야!"

나는 또다시 수건을 집어 들고 숨을 깊이 들이마셨다. 수건에는 여전히 에스펜의 체취가 남아 있었다. 달라진 건 아무것도 없었다.

너드와
하트 사이

"난 네가 그렇게 재미있는 아이인 줄 미처 몰랐어. 아, 기분 나쁘라고 하는 말은 아니야."

헤디가 변명처럼 뒷말을 덧붙이고는 고개를 설레설레 저었다. 휴대폰 속에는 머리카락을 태워 먹었던 영상이 일시 정지 상태로 있었다.

"어……, 오해 안 해. 괜찮아. 고마워."

오후 다섯 시, 원래대로라면 에스펜과 함께 전통 무용 공연장에 가 있을 시각이었다. 하지만 지금 내가 있는 곳은 헤디의 방이었고, 옆에는 헤디와 율리아가 있었다. 에스펜은 누구와 공연장에 갔을까?

헤디의 방은 SNS에서 본 것보다 훨씬 작았다. 하지만 커다란 베이지색 가구와 연분홍색 벽, 그 벽에 쓰어 있는 'LOVE'라는 글자는 똑같았다.

"네가 올린 춤 영상을 보자마자 율리아에게 메시지를 보냈어. '세상에, 마리에가 이렇게 웃긴 애였어? 왜 그동안 몰랐지?'라고. 그렇지?"

그 말에 책상 앞에 앉아서 헤디의 국어 숙제를 대신하고 있던 율리아가 등을 돌리고서 고개를 끄덕였다.

"맞아, 그랬어."

무슨 말을 해야 할지 알 수 없었다. 정말 그랬던 걸까? 원래 나는 재미있는 아이인데 그동안 아무도, 심지어 나조차도 몰랐던 걸까?

"미리 말을 하지! 그랬다면 진작부터 친하게 지냈을 텐데. 난 네가……."

헤디가 말을 고르면서 허공으로 시선을 던졌다.

"지루하기 짝이 없는 애라고 생각했어. 다시 얘기하지만 기분 나쁘라고 하는 말은 아냐. 사실 우리는 제대로 대화를 나눠 본 적이 없잖아. 나도 그러긴 했지만, 너도 먼저 말을 건 적은 없었어. 맨날 에스펜하고만 붙어 다녔지."

'너는 다른 사람에게 말할 기회를 주지 않잖아. 항상 자기 말만 하고. 그래서 대화를 나누기가 쉽지 않았어.'라며 반박하고 싶었다. 하지만 그러지 않았다. 그저 아무 말 없이 담요의 레이스 장식을 돌돌 말며 만지작거렸다.

"그런데 너희는 언제부터 그렇게 친했어? 설마 초등학교 때부터?"

헤디가 갑자기 생각났다는 듯 질문을 던졌다. 하지만 헤디는 미리 계산하지 않고 의미 없이 말을 꺼내는 아이가 아니다. 내가 자기 속내를 알고 있다는 사실을 눈치채진 못했겠지만.

"응."

"둘이 무슨 사이야? 혹시 사귀어?"

헤디가 눈을 크게 치켜뜨고 깜박였다. 이 말이 자못 흥미로웠는지, 율리아도 나를 돌아다보았다. 얼굴이 화끈 달아올랐다. 나는 붉어진 얼굴을 들키고 싶지 않아서 얼른 고개를 저었다.

"아무 사이도 아니라고? 진짜?"

나는 단호하게 고개를 끄덕였다.

"정말이야."

"뽀뽀도 한 적 없어?"

헤디가 생쥐처럼 나직한 목소리로 속삭였다. 집게손가락에 엉킨 레이스가 손가락을 바짝 조였다.

"응, 그런 적 없어."

나는 최대한 무덤덤하게 들리도록 말하려고 애썼다. 하지만 목이 바싹바싹 말랐다. 꼭 심문당하는 것 같아서 기분이 썩 좋지 않았다. 내 반응이 별로였는지, 헤디가 금방 말머리를 돌렸다.

"그건 그렇고……, 지난번에 복도에서 했던 말, 기억하지? 네 머리 모양에 대해서 했던 대화 말이야. 오늘 내가 네 머리 모양을 좀 만져 주고 싶은데, 어때?"

갑작스러운 제안에 몹시 당황스러웠다. 나도 모르게 허둥거리며 손으로 앞머리를 가렸다.

"어……? 아니, 갑자기 왜? 뭘 하려고?"

내 모습을 보고 헤디가 손뼉을 치며 웃음을 터뜨렸다.

"율리아! 마리에 좀 봐. 엄청 긴장했네!"

헤디가 눈짓을 하자 율리아가 재깍 일어나 헤어스프레이와 매직기를 가져왔다.

"걱정하지 마. 예쁘게 만져 줄게."

때마침 헤디의 머리카락이 창을 통해 비치는 햇살에 반사되어 반짝반짝 빛났다.

얼마나 지났을까. 한 시간은 족히 흐른 것 같았다. 헤디와 율리아는 내가 여태까지 쓴 헤어스프레이보다 훨씬 더 많은 양을 사용했다. 매직기로 굵은 웨이브를 만들었다가, 굵은 빗으로 풀었다가, 헤어스프레이 뿌리기를 반복했다. 그러고는 계속 왔다 갔다 하며 내 머리의 앞뒤를 살폈다. 내게는 거울을 절대 보여 주지 않았다.

그렇게 한참을 세세히 살펴보던 헤디의 얼굴에 마침내 만족스러운 표정이 떠올랐다.

"보고 싶지?"

나는 얼른 고개를 끄덕였다. 율리아가 헤디의 눈짓을 보고는 잽싸게 거울을 건넸다. 헤디는 연극배우처럼 과장된 몸짓으로 거울을 높이 들었다가 천천히 내렸다. 그러고는 이내 미소를 지었다.

"자, 봐. 이래서 내가 그런 말을 했던 거야. 조금만 손봤는데도 네 눈동자가 이렇게 예쁘게 드러나잖아."

결과는 예상한 것 이상이었다. 헤디의 말은 결코 거짓이 아니었다. 내게 이런 모습이 숨겨져 있다는 걸 헤디는 이미 알고 있었던 걸까.

거울 속의 나는 너무나도 예뻤다.

에스펜이 메시지를 보냈다.

> 오늘 헤디랑 잘 놀았어?

나는 어떻게 답을 하면 좋을지 몰라 시간을 끌었다. 하지만 내가 읽었다는 것을 에스펜이 이미 확인한 후였기 때문에 무작정 고민만 할 수는 없었다. 솔직히 말해 헤디는 생각만큼 이상한 아이가 아니었다. 내게 꽤 잘해 주었다. 에스펜이 어떻게 생각할지는 모르겠지만, 거짓말을 하고 싶지는 않았다.

어……, 생각보다 괜찮은 애던데?

괜찮은 애라고? 마리에, 제정신이니?

진심이야. 꽤 재밌게 놀았어.

뭐? '그' 헤디랑 잘 통했다고?

음……, 응;

대체 뭘 했기에 그래? 설마 이상한 놀이를 한 건 아니지? 머리에
웨이브를 넣거나 남자애들 이야기나 하는?

안 알려 줘:P

혀를 쏙 내밀어 보였다. 물론 에스펜이 말하는 '이상한 놀이'는
나도 늘 함께 비웃어 왔다. 하지만 막상 '그런 놀이'를 하면서 어
울려 보니까 그다지 싫지가 않았다.

헐, 그럼 이제 헤디랑도 베프가 되겠네?

바보 같은 소리! 내 베프는 바로 너잖아?

에스펜은 내 메시지를 확인했지만 답장을 보내지 않았다. 나는 다시 손가락을 움직였다.

전통 무용 공연은 어땠어?

그럭저럭.

나는 메신저 창을 내리고 헤디네 집에서 찍은 사진을 한 장 한 장 다시 보았다. 사진 속의 나는 너드와 거리가 멀었다. 오히려 꽤 예뻐 보이기까지 했다.

그 사진들을 에스펜에게 보여 주고 싶었다. 에스펜이 이런 내 모습도 봐 주었으면 좋겠다는 생각이 들었다. 사진과 함께 뭔가 재미있는 말을 적어 보내면 자연스럽지 않을까?

핑!

그때 에스펜이 영상 링크를 보냈다. 족집게로 눈썹을 정리하는 소녀의 비디오였다.

> 내일의 너드 짓은 이걸로 하는 거 어때?

눈물을 흘리며 눈썹을 뽑는 내 모습을 상상했다. 그리고 에스펜이 보낸 메시지를 다시 읽었다. 나는 사진 대신 엄지척과 웃는 모양 이모티콘을 보냈다.

> 좋아, 내일 보자. 잘 자.

> 잘 자, 너드♥

메시지는 하트로 마무리되었다. 너드와 하트, 하트와 너드. 내가 여전히 에스펜의 너드라는 사실을 확인할 수 있어서 마음이 놓였다.

하지만 현실의 에스펜은 메신저 속에서와 사뭇 달랐다. 우리의 분위기가 예전 같지 않았다. 내 행동 역시 평소처럼 어설프지 않고 무척 자연스러웠다. 에스펜은 별로 웃지 않았다. 외적으로 딱히 달라진 게 없는 듯한데도 무언가가 좀 이상했다.

대충 편집을 마친 후, 우리는 뒷마당에 나란히 앉아 체리를 먹었다. 스웨터만 입고 밖에 있어도 될 만큼 날씨가 화창했다. 하지만 내 팔에는 한기가 느껴질 때처럼 소름이 오톨도톨 돋았다.

에스펜이 입안에서 굴리던 체리씨를 잔디밭으로 훅 뱉었다. 내 휴대폰에서는 연달아 알림음 소리가 났다.

"제발 그 알림 소리 좀 꺼 두면 안 돼?"

나는 고개를 끄덕이며 휴대폰 설정을 바꾸었다. 알 수 없는 무언가가 내 속을 사각사각 갉아먹는 것 같았다. 이상하게도 마음이 계속 불안했다.

"이번에 헤디가 올린 영상은 좀 별로더라. 혹시 봤어?"

에스펜이 체리씨를 또 휙 뱉었다.

나는 고개를 가로저었다. 하지만 그건 거짓말이었다. 사실은 아침에 눈을 뜨자마자 헤디의 영상을 찾아서 보았다. 심지어 저녁에 또다시 보면서 그 헤어스타일을 따라 해 보자고 마음까지 먹은 참이었다.

"다음번에는 헤디의 영상 가운데서 하나를 따라 해 보는 건 어때?"

에스펜이 물었다. 그런데 대답이 선뜻 나오지 않았다.

"어……, 그건 좀 신경 쓰일 것 같은데……."

"왜?"

나는 체리 꼭지를 집게손가락에 돌돌 감았다. 피가 통하지 않아서 손가락 끝이 금세 하얘졌다.

"그야……, 나는 학교에서 헤디와 매일 마주치잖아. 너는 같은 반이 아니니까 상관없을지도 모르지만……."

에스펜이 한숨을 푹 내쉬었다. 그러고는 연두색 운동화 끝으로 잔디를 힘주어 꾹 눌렀다.

"마리에, 이제 와서 헤디를 왜 그렇게 의식하는 거야? 우린 지금까지 헤디를 외모에만 신경 쓰는 멍청이라고 생각해 왔어. 게다가 넌 '너드'라는 단어에 완벽하게 어울리는 아이잖아?"

"응, 하지만……."

"그러니까 헤디와 너는 도저히 친해질 수 없는 사이라는 거야. 잘 통할 리도 없고. 너희만큼 불협화음인 사이가 또 있을까? 속이 텅 빈 외모 지상주의자와 그 누구보다 성실하지만 뭘 해도 서투른 너드……."

에스펜은 내게 눈길도 주지 않은 채 앞만 뚫어지게 바라보았다. 나는 깊게 심호흡을 했다.

모든 일에 서투른 너드. 에스펜은 정말로 그게 내 모습의 전부라고 생각하는 걸까? 적어도 헤디는 나를 예쁘게 꾸며 주었는데……. 내가 그 전까지 몰랐던 또 다른 모습을 발견할 수 있도록 도와주었잖아.

"어쩌면 헤디가 우리 생각과는 다른 아이일 수도 있잖아!"

나는 결국 속에 있던 말을 꺼내고 말았다. 심지어 아주 큰 목소리로. 말을 맺을 때는 목소리가 조금 떨렸다. 에스펜이 놀란 눈으로 나를 바라보았다. 그러더니 시선을 마당으로 돌렸다. 에스펜의 시선이 멈춘 사과나무에는 우리가 3학년 때 함께 만든 작은 새집이 걸려 있었다. 에스펜은 새집을 가만히 바라보다가 체리 꼭지를 잔디밭으로 휙 던졌다.

"그럴 수도 있겠네. 어쩌면 너도 내가 그동안 생각했던 아이와 다를지도 모르고."

나직하고 무덤덤한 목소리. 차라리 화를 내며 소리를 질렀다면 내 마음이 훨씬 편했을 것이다. 하지만 감정이 섞이지 않은 목소리는 자못 무서웠다.

"그게 무슨 뜻이야?"

갑자기 목이 메었다. 에스펜의 말이 응어리가 되어 목구멍을 막아 버리는 것 같았다.

"마리에, 사람은 변할 수 있어. 어쩌면 그게 더 당연한 일이겠지. 유명세와 인기를 경험한 사람이라면 더더욱……."

내가 변했다는 뜻인가? 나는 도저히 이해할 수가 없었다. 애초에 나를 '너드'라 규정짓고서 거기에 일일이 끼워 맞춘 건 에스펜이었다.

갑자기 주변 온도가 서늘해진 것 같은 기분이 들었다. 팔에 돋아난 소름이 다리까지 번져 내려갔다. 나는 몸을 파르르 떨며 무릎을 끌어안고 상체를 한껏 웅크렸다.

"난 변한 게 없는 것 같은데……. 혹시 네가 변한 건 아니고?"

내 말을 듣고서 에스펜이 발끝으로 자갈을 툭 찼다.

"글쎄, 그럴 수도 있겠지."

그러고는 나를 물끄러미 바라보았다.

"그렇지 않을 수도 있고."

그렇게 말하는 에스펜의 얼굴에는 웃음기가 전혀 없었다.

나 또한 말없이 비닐봉지에서 체리를 하나 꺼냈다. 꼭지를 딴 뒤, 입안에서 돌돌 굴리며 씹었다. 금세 분리된 씨를 혀끝에 올려놓고 잔디밭의 한 지점을 겨냥했다. 에스펜이 뱉은 체리씨가 쌓여 있는 곳이었다.

숨을 짧게 들이마셨다가 체리씨를 훅 뱉었다. 하지만 체리씨는 목표했던 곳에 닿지 못하고 딴 데로 날아가 버렸다.

어긋난
우정

　점심시간이었다. 에스펜은 같은 반 아이들과 도서관에서 숙제를 해야 한다고 했다. 이젠 에스펜이 없어도 더 이상 혼자가 아니었다. 새로운 친구가 두 명이나 생겼기 때문이다. 바로 헤디와 율리아 말이다.

　헤디는 의외로 아주 친절했다. 모르는 것을 물어보면 늘 자세히 알려 주었다. 얼마 전, 헤디네 집에 또 갔을 때도 그랬다.

　"카롤리네 선배는 반려동물 사진을 또 올렸네."

　율리아가 먼저 말을 꺼냈다.

　"나도 봤어! 그런데 그 사진이 그 사진 같던데? 이제는 어떻게 반응해야 할지 모르겠어."

헤디가 하품을 하며 말을 이었다.

"다른 것도 좀 올리지. 지겨워 죽겠네. 물론 하트 스마일을 달긴 했지만. 어휴!"

원래는 과학 시험을 준비하자고 모인 거지만, 정작 책을 펼친 사람은 아무도 없었다. 그 와중에 나만 진지하게 공부를 하고 싶지는 않았다. 율리아가 휴대폰을 들여다보는 동안, 헤디는 발톱에 매니큐어를 칠하기 시작했다.

"너도 바를래?"

헤디가 매니큐어를 내밀었다. 나는 매니큐어를 받아 들며 헤디를 힐끔 쳐다보았다.

"왜? 할 말 있어?"

"……너는 카롤리네 선배의 글이 지겹다면서 왜 굳이 댓글을 달아 준 거야?"

헤디가 내 말에 웃음을 터뜨렸다.

"마리에, 넌 정말 순진하구나! SNS는 진짜로 초짜였어."

그러고는 고개를 살짝 흔들며 말을 이었다.

"그야 3학년 선배니까 예의상 해 준 거지. 게다가 카롤리네 선배는 구독자 수가 꽤 많거든. 머리칼을 자르기 전에는 훨씬 더 많았는데……."

율리아가 헤디의 말에 맞장구를 쳤다.

"어휴, 그 머리칼 어쩔 거야?"

"맞아! 머리칼을 그 길이로 자른 건 완전 실패였어. 아무튼 내 생각이 어떻든 상관없이 겉으로는 서로서로 친해 보여야 해. 내 말, 무슨 뜻인지 이해하지?"

나는 카롤리네 선배의 프로필을 검색해 보았다. 타임라인을 쭉 살펴보니, 길었던 금발이 어느 순간 짧게 바뀌어 있었다. 나도 모르게 내 앞머리로 손이 갔다.

그때 헤디가 내 손톱을 뚫어지게 바라봤다. 물론 손톱에는 아무것도 발려 있지 않았다.

"마리에, 그 뭉툭한 손톱······, 그냥 그렇게 둘 거니? 내가 좀 다듬어 줄까?"

나는 휴대폰을 잽싸게 내려놓고 고개를 끄덕였다. 도움이 필요했다. 헤디는 이번에도 틀림없이 내게 어울리는 색을 찾아 줄 터였다. 앞으로는 매니큐어를 바를 때는 물론, 머리 모양을 다듬을 때도 먼저 물어볼 참이었다.

헤디와 율리아를 기다리면서 며칠 전에 있었던 일을 떠올렸다. 그러는 사이에 헤디와 율리아가 숨을 몰아쉬며 뛰어왔다.

"마리에, 좋은 생각이 있어! 다음 주에 있을 파티에서 우리 셋이 뭔가를 해 보는 게 어때?"

"파티가 있어?"

내가 되물었다.

"난 초대받은 적이 없는데······?"

율리아가 웃음을 터뜨렸다.

"무슨 소리야, 마리에! 핼러윈 파티 말이야! 그건 누구든 참석할 수 있는 파티잖아."

핼러윈 파티! 샛노란 포스터가 학교 여기저기에 걸려 있었는데 그새 그걸 까맣게 잊어버리다니! 헤디가 들뜬 목소리로 말했다.

"우리는 당연히 가야지. 학교에서 가장 유명한 아이들인데 그런 파티에 빠질 수 없잖아."

"아……, 나는 못 가. 엄마랑 호텔 오픈 파티에 가기로 했거든."

내 말에 헤디와 율리아가 소리를 빽 질렀다.

"호텔 파티라고? 블로그 호텔에서 열리는 파티 말이야?"

"응, 그런데 사실 나는 핼러윈 파티가 더 재미있을 것 같아. 안 가도 되는지 엄마께 여쭤 볼게."

"혹시…… 에스펜도 같이 가는 거니?"

헤디가 내 눈을 똑바로 쳐다보며 물었다. 순간, 나도 모르게 웃음이 터져 나왔다.

"아냐! 걔는 사람 많은 곳은 질색해서."

"그래? 이상하네."

헤디가 눈썹을 치켜올리며 되물었다.

"옆 반 레아가 말하는 걸 얼핏 들었는데……. 에스펜이랑 핼러윈 파티에 갈 거라던데?"

레아라고? 헤디의 날카로운 시선이 고스란히 느껴졌지만, 표정 관리가 잘되지 않았다.

"내가 잘못 들었을 수도 있어. 아무튼 난 네가 핼러윈 파티에 같이 가면 좋겠다는 거야. 너희 엄마께 여쭤 보고 알려 줘. 파티에 무슨 옷을 입고 갈지 얘기해 보게……."

나는 고개를 끄덕이고 재빨리 몸을 돌려 교실로 향했다. 눈앞에 보이는 것들이 마치 춤을 추는 것처럼 마구 흔들렸다.

엄마는 아주 단호했다. 핼러윈 파티에 가고 싶다고 주말 내내 졸랐지만 씨알도 먹히지 않았다.

"마리에, 호텔 오픈 파티는 단 한 번뿐이야. 내년에도 있을 학교 축제 때문에 이런 황금 같은 기회를 놓친다는 게 말이 되니?"

"하지만…… 엄마……!"

"학교 축제에 가고 싶은 마음은 이해해. 하지만 정작 네 친구들도 핼러윈 파티보다는 호텔 오픈 파티에 더 가고 싶어할걸?"

순간, 헤디와 율리아의 반응이 떠올랐다. 호텔 파티라는 말을 듣자마자 둘 다 소리를 지르면서 손뼉을 치지 않았던가. 엄마 말씀이 맞을 것 같았다. 그렇다고 쉽사리 인정할 수는 없었다.

"아닐걸요! 다들 호텔 따위에는 관심 없다고요!"

"이건 아무나 참석할 수 없는 특별한 파티라고!"

나는 대답 대신 방문을 쾅 닫았다. 그리고 베개에 얼굴을 묻고 소리를 지르며 두 발로 허공을 마구 찼다. 아무도 없는 방에서 혼자 흥분하는 내가 너무 바보 같았지만 도무지 분이 풀리지 않았다.

잠깐 마음을 가라앉힌 뒤, 헤디와 율리아에게 메시지를 보냈다. 두 사람은 곧장 답장을 보냈다. 하트와 스마일 이모티콘까지 붙여서……. 핼러윈 파티에서 무슨 일이 벌어지는지 실시간으로 알려 주겠다는 말도 덧붙였다. 그 말을 들으니 그나마 조금 안심이 되었다.

월요일 점심시간, 오랜만에 에스펜과 마주 앉았다. 주말 내내 핼러윈 파티에 대해 묻고 싶었지만 애써 티를 내지 않았다. 그 대신 다른 곳에 관심이 있는 척하느라 갖은 애를 써야 했다.

"이 댓글에 어떻게 답을 해야 재미있을까?"

나는 노트북을 에스펜에게 보여 주었다.

"구독자가 느니까 신경 쓸 일이 꽤 많네. 팬도 생기고……."

나는 콧잔등을 찡그렸다. 막상 내 입으로 뱉고 나니까 나조차도 어색한 말이었다. 어디까지나 사실은 사실이었지만.

사람들은 내가 어디서 빵을 사는지, 머리를 감을 때 어떤 샴푸를 쓰는지 등등 온갖 세세한 것들을 다 궁금해했다. 엄마는 그런 댓글에 빠짐없이 답글을 다는 건 매우 중요한 일이라고 말했다. 그래서 에스펜이 이 정도는 충분히 도와줄 거라고 생각했다. 게다가 에스펜은 나와 달리 유머 감각이 아주 뛰어나니까.

에스펜이 손에 들고 있던 사인펜을 내려놓고서 노트북 화면을 바라보았다. 그러고는 인상을 살짝 찌푸렸다.

"이런 질문에 굳이 재미있는 답이 필요해? 그냥 네가 어디서 빵을 사는지 알려 주면 되잖아. 내 소중한 점심시간을 그런 걸 고민하느라 보내고 싶지 않아."

에스펜은 단호한 말투로 이렇게 말한 뒤 다시 사인펜을 집어 들었다. 사인펜이 빠르게 종이 위를 스쳤다. 나는 눈동자를 굴리며 못마땅한 표정을 지었다. 그렇게 화를 낼 것까진 없잖아……. 기분이 좋지 않다는 것까진 알겠는데 왜 그러는지는 알 수가 없었다. 주말 내내 단 한마디도 나누지 않았기 때문이다. 사실 체리를 먹다가 싸울 뻔했던 날 이후로 처음 만나는 것이었다.

에스펜은 말없이 계속 그림만 그렸다. 대체 뭘 그리나 싶어서 목을 쭉 빼고 훔쳐보려고 했지만, 팔로 가리고 있어서 그것조차 볼 수가 없었다. 내게 그림을 감추다니. 그동안 이런 적은 없었는데…….

나도 시선을 돌려 댓글 창을 뚫어지게 바라보았다. 에스펜의 도움 없이도 재치 있는 답을 떠올리면 그만이었다. 하지만 마음과 달리 손가락이 꼼짝도 하지 않았다. 종이 위를 스치는 사인펜 소리 때문에 영 집중이 되지 않았다.

노트북에서 눈을 떼고 에스펜을 가만히 바라보았다. 그사이 머리카락이 하늘색으로 바뀌어 있었다. 머리 길이도 약간 짧아진 것 같았다. 예전처럼 아무렇지도 않게 머리카락을 쓰다듬을 수 있다면 좋을 텐데.

"어땠어?"

나는 애써 덤덤하게 물었다.

"뭐가?"

에스펜은 이렇게 되물으면서도 종이에서 눈을 떼지 않았다.

"그냥……. 주말 동안 연락을 안 했잖아. 뭔가 특별한 일이라도 있었어?"

에스펜은 천천히 고개를 저으며 이맛살을 찌푸렸다.

"특별한 일은 없었는데."

나는 발끝으로 에스펜의 다리를 톡톡 건드렸다. 평소에는 이렇게 하면 에스펜이 짜증을 내곤 했다. 하지만 오늘은 아무 반응도 하지 않았다.

"핼러윈 파티가 이번 주 금요일이더라."

순간, 에스펜이 눈을 치켜떴다. 나를 바라보는 미간에 주름이 잔뜩 잡혀 있었다.

"……넌 주말에 약속 있다며?"

오른쪽, 그리고 왼쪽, 왼쪽, 그리고 오른쪽……. 에스펜의 다리를 톡톡 건드리는 내 발의 속도가 점점 빨라졌다.

"너는?"

에스펜은 대답 대신 기지개를 켜듯 두 팔을 쭉 뻗고 하품을 했다. 순간, 종이에 그려진 그림이 보였다. 커다란 글자 같아 보였다. 더 자세히 보려고 고개를 비스듬히 기울였다. 글자 수가 많지는 않았다. 하지만 마리에도, 에스펜도 아니었다. L로 시작하는 글자인가……?

내 시선을 눈치챈 에스펜이 재빨리 연습장을 덮고 몸을 일으켰다. 그러고는 가방 속에 연습장과 사인펜을 집어넣었다. 왠지 얼굴이 발갛게 달아오른 것 같았다. 설마 아니겠지?

"점심시간이 이제 십오 분밖에 안 남았어. 계속 컴퓨터만 들여다볼 거야?"

나는 다시 화면으로 눈을 돌렸다.

"잠깐만, 금방 끝나. 이 분이면 돼."

난 바사에서 만든 크네케브뢰드(바삭하고 납작한 크래커)를 즐겨 먹어. 입천장이 까지는 걸 기꺼이 감수하겠다면 딱이지.

아주 재미있는 답글은 아니었지만 그럭저럭 만족스러웠다. 나는 윙크하는 스마일 이모티콘을 덧붙인 뒤 엔터키를 눌렀다.

"다 됐어!"

하지만 에스펜의 대답이 들리지 않았다. 고개를 들어 보니 빈 의자만 덩그러니 남아 있었다. 에스펜은 이미 사라진 뒤였다.

때마침 클라스 선생님이 교실로 들어서며 말을 걸었다.

"마리에?"

"아, 선생님……! 안녕하세요?"

"그래, 마리에. 아니, 이젠 너드라고 불러야 하나?"

선생님이 손가락을 들어 허공에 해시태그를 그렸다. 나는 고개를 저었다.

"그러지 마세요. 그냥 마리에라고 불러 주세요."

"음, 뉴 인터넷 스타가 어떻게 지내는지 궁금해서……. 요즘도 '좋아요'가 꾸준히 늘고 있니?"

나는 조심스레 고개를 끄덕였다.

"옆 반 담당 선생님과 이야기를 해 봤는데, 이 주 후에 과제를 마무리하면서 발표회를 할까 해. 그때 네 이야기를 들려주면 어떨까? 옆 반 아이들이 많은 걸 배울 수 있을 거야."

선생님이 씩 웃으며 내 어깨를 쿡 찔렀다.

"한번 생각해 봐. 과제를 시작할 때만 해도 걱정투성이였잖니? 그런데 지금은 어때? 어엿한 롤모델이 됐잖아!"

나는 영상 밑에 달린 수십 개의 댓글을 물끄러미 바라보았다. 그리고 손가락으로 댓글들을 슥슥 문질렀다.

"네……, 할 수 있을 것 같아요."

"좋아, 그럼 그렇게 하는 걸로 하자. 기대하고 있을게, 너드!"

선생님이 검지를 세워 해시태그를 그린 후 교실 밖으로 사라졌다. 이번에 그린 해시태그는 아까 것보다 좀 더 그럴싸해 보였다.

늦은 밤, 사방이 고요했다. 하지만 도무지 잠이 오지 않았다. 습관처럼 페이스북 메신저에 접속을 했다. 화면을 옆으로 쭉쭉 넘기자 에스펜의 이름 옆에 녹색 불이 켜져 있었다. 그러니까 에스펜이 지금 온라인에 접속해 있다는 뜻이었다.

연습장에서 스치듯 보았던 대문자 L. 그날 이후로 모든 것이 이상하게 변해 버린 듯한 느낌이었다. 우리는 지난 며칠 동안 단 한 번도 메시지를 주고받지 않았다.

나는 에스펜에게 메시지를 보내기 위해 글자를 입력했다.

너, 레아와 무슨 사이야?

대화 창 속에서 글자들이 깜빡였다. 에스펜은 내가 말을 걸고 있다는 사실을 아직 모르고 있었다. 에스펜의 이름 옆에는 여전히 녹색 불이 들어와 있었다. 내가 아닌 다른 누군가와 대화를 나누고 있는 게 분명했다.

대화 창 속의 글자를 지우고 다시 썼다.

네가 그리워.

간단하고 군더더기 없는, 아주 직설적인 말이었다. 그리고 지금 이 순간, 나의 가장 솔직한 마음이기도 했다.

에스펜을 보고 있으면 목이 메어서 하고 싶은 말을 차마 제대로 못하는 때가 종종 있었다. 그런 날은 말을 뱉어 내는 순간 모든 것이 폭발해 사라져 버릴 것만 같은 느낌이 들곤 했다. 오늘도 그런 날이었다.

나는 메시지를 지웠다. 대화 창이 텅 비었다. 에스펜의 이름 옆에는 여전히 녹색 불이 반짝였다.

그리고 한참 후, 녹색 불과 에스펜의 이름이 사라졌다.

짝사랑의 끝

점심시간이 되자마자 아이들이 일 층 중앙 현관으로 몰려들었다. 세차게 쏟아지는 빗줄기가 창문을 매섭게 두드렸다.

에스펜은 현관문 옆에 혼자 서 있었다. 나도 모르게 발걸음이 그쪽으로 향했다. 마치 오래된 습관처럼 머리보다 몸이 먼저 반응했다. 뒤늦게 정신을 차리고 발길을 멈추려고 했지만, 이미 에스펜이 본 뒤여서 몸을 돌릴 수가 없었다.

"안녕?"

"안녕?"

내가 먼저 말을 걸었다. 에스펜은 평소처럼 대답했지만 목소리가 몹시 굳어 있었다. 마치 연극을 하는 것처럼 톤도 약간 높왔다. 잠시 침묵이 흘렀다. 일 초가 영원처럼 길게 느껴졌다. 괜히 말을 걸었다는 생각이 들면서 후회스러움이 밀려왔다.

내가 할 말을 찾지 못하고 머뭇거리자, 에스펜이 천천히 말문을 열었다.

"다음 시간은 뭐야?"

에스펜은 바닥에 놓여 있던 가방을 들어 어깨에 둘러멨다. 이 자리를 얼른 벗어나고 싶어 하는 기색이 역력했다.

"국어."

나는 가까스로 대답을 하고선 눈을 어디에 두어야 할지 몰라 짐짓 주위를 두리번거렸다. 전에는 어디를 봤지? 눈? 아니면 입술? 하지만 눈은 도저히 마주 볼 수 없을 것 같았다. 묵직한 돌덩이가 가슴을 짓누르면서 속이 먹먹해졌다.

마침 그때 5교시 시작종이 울렸다.

"또 보자. 안녕."

에스펜이 작별 인사를 건넸다.

"응, 안녕."

에스펜이 멀어지고 나서야 간신히 고개를 들었다. 멀어진 거리만큼 마음이 차분하게 가라앉았다. 사실 에스펜은 예전과 조금도 달라지지 않았는데, 나만 괜히 어색함을 느끼는 게 아닐까? 어쩌면 그럴지도 몰랐다. 내일 파티가 끝난 후에도 달라지는 건 전혀 없을지도…….

그렇게 바라는 수밖에 없었다.

호텔은 새 건물 냄새로 가득했다. 엄마는 차를 타고 오는 내내
아주 특별한 파티라는 걸 강조하고 또 강조했다. 그러고는 로비
에 들어서자마자 화려한 벨벳으로 감싼 소파와 탁자 사이를 부
지런히 돌아다니며 사람들과 연신 포옹을 나누었다. 하나같이
짙은 향수 냄새를 풍기는 사람들이었다.

"어머, 드디어 실제로 만나게 됐네요!"

엄마가 녹색 배낭을 멘 여자에게 다가가 반갑게 인사를 건넸
다. 키가 매우 컸는데 코걸이를 하고 있었다.

"마리에, 이리 와 봐! '플라스틱 환상'을 운영하는 분이야! 세
상에! 반가워요. 아, 당신은 '아름다운 사람들' 페이지를 운영하
는 블로거죠?"

그 블로거는 엄마를 만난 게 진짜 반가웠는지 눈물까지 글썽
였다.

나는 어색하게 웃으며 그쪽으로 다가갔다. 그런데 그때, 누군
가가 내 앞을 가로막았다.

"실례지만 혹시……, 너드 맞죠?"

내가 고개를 끄덕이자 그 사람이 엄마를 향해 호텔 로비가 떠
나가도록 크게 외쳤다.

"힐데! 당신 딸이 '너드'라는 걸 왜 진작 말하지 않았어요?"

그 소리에 엄마가 종종걸음으로 다가왔다.

"오, 수지! 내 딸과 먼저 인사했네요! 정말 굉장하지 않아요? 난 우리 딸이 무척 자랑스러워요. 요즘 가장 떠오르는 유튜버잖아요!"

"그건 사실 학교 과제로 올린 것뿐인……."

수지 아줌마가 내 말을 가로챘다.

"학교 과제라고? 그런데 이렇게 이슈가 되다니 진짜 대단한 걸! 영상들이 하나같이 재미있더라. 나중에 기회가 되면 나도 좀 패러디해 줄래? 그러면 무지무지 행복할 거야."

"어……, 제가요?"

나는 휴대폰의 검색창을 열었다. 꽤 괜찮은 제안이었다. 안 그래도 새로운 영상 아이디어를 찾느라 계속 고민 중이었는데…….

"혹시 어떤 페이지를 운영하시는지 여쭤 봐도 될까요?"

수지 아줌마가 갑자기 큰 소리로 웃음을 터뜨렸다. 반면에 엄마 얼굴은 심각하게 굳어졌다.

"마리에, 이분이 바로 '골프 부인'이야! 우리나라에서 가장 유명한 블로거잖니? 설마 몰랐던 거야?"

수지 아줌마가 다시 웃음을 터뜨렸다.

"모를 수도 있지, 왜. 에궁, 너무 뭐라고 하지 마. 어딜 가나 알아보는 사람이 많아서, 어쩌다 가끔 이런 사람을 만나면 외려 신선하고 좋은걸! 잘 봐주렴, 너드. 내 딸도 널 굉장히 좋아해. 아!

나중에 두 사람도 우리처럼 뭔가 함께해 보면 좋겠네, 그렇지?"

그 말을 들은 엄마가 기대에 찬 표정으로 나를 바라보았다.

"그거 좋은 생각이네요. 그렇게 할 거지, 마리에?"

나는 대충 고개를 끄덕이고는 헤디에게서 문자가 와 있는지 확인했다. 하지만 아무것도 없었다.

저녁 식사를 마치고 마스크 팩을 다섯 종류나 시험해 본 후에야 배정된 방으로 올라갔다. 밤 아홉 시, 핼러윈 파티가 끝나려면 한 시간은 더 있어야 했다. 파티에선 보통 끝나 갈 때쯤, 뭔가 특별하고 기억할 만한 일이 벌어지곤 한다던데……. 이번에는 차라리 그런 일이 아예 없으면 좋겠다는 생각이 들었다.

침대로 몸을 휙 던졌다. 푹신한 이불과 커다란 베개가 몸을 폭 감쌌다. 나는 파티에 참여한 아이들이 업로드한 사진을 한 장 한 장 구경했다. 모두 변장을 하고 있어서 누가 누군지 알아채기는 쉽지 않았다. 어쨌든 그중에서는 계란 프라이 분장을 한 사이먼이 가장 웃겼다.

나는 에스펜의 모습을 찾기 위해서 사진을 구석구석 살폈다. 만약 에스펜이 핼러윈 파티에 갔다면 어떤 분장을 하고 있을까? 좀비, 드라큘라, 프랑켄슈타인……? 모두 아닌 것 같았다. 그 캐릭터들은 하나같이 에스펜처럼 키가 크지도, 독특하지도, 잘생기지도 않았다.

나는 그제야 마음이 놓였다. 에스펜은 핼러윈 파티에 가지 않은 게 분명했다. 헤디가 잘못 들은 게 틀림없었다.

나는 한결 가벼운 마음으로 헤디에게 메시지를 보냈다.

> 파티는 어때?

헤디가 기다렸다는 듯 답장을 보내왔다. 말풍선 속의 회색 점 세 개가 오래도록 반짝였다.

> 거의 끝나 가! 정말 재미있었어! 네가 오지 못한 게 아쉬워. 보고 싶어.

메시지가 계속 이어졌다.

> 세상에! 방금 아므릿이 크리스티네한테 고백했어. 크리스티네가 스티네와 사귄다는 걸 몰랐나 봐. 아유, 불쌍해라!

헤디는 율리아와 함께 찍은 사진도 보냈다. 쌍둥이처럼 똑같이 차려입은 두 사람은 작은 트로피를 맞잡고 있었다.

> 자랑하려는 건 아니지만······. 우리, 베스트 의상상을 받았어.♡

나는 답장으로 스마일과 하트 이모티콘을 보냈다. 딱히 놓쳐서 아쉬울 법한 일은 없었던 것 같아서 그나마 안심이 되었다. 나는 골프 부인이랑 엄마랑 함께 찍은 사진을 찾았다. 머드팩을 한 채 뻣뻣한 미소를 짓고 있는 사진이었다.

> 블로그 호텔 파티도 꽤 재미있었어. #세쌍둥이.

헤디가 하트 이모티콘을 세 개나 보냈다. 나는 다시 메시지를 보냈다.

> 다음엔 너희도 함께 오면 좋겠어!

전송.
몇 분을 기다렸지만 답장이 오지 않았다.

'에스펜과 레아가 키스를 했다.'
이 놀라운 메시지를 받은 건 다음 날이 되어서였다.

> 아, 참! 어제 말한다는 걸 깜박했네. 파티가 끝나기 직전에 공식 커플이 하나 탄생했어. 바로 에스펜과 레아야!

헤디의 메시지 끝에 여러 개의 하트 이모티콘이 붙어 있었다. 나는 그 사진을 뚫어지게 바라보았다. 두 번, 세 번, 네 번, 다섯 번……. 수도 없이 보았다. 아침을 먹고 나서도 멍한 얼굴로 그 사진만 들여다보았다. 사진을 몇 번이나 확대해 봤는지 모른다. 하지만 수십 번 수백 번을 거듭 보아도 똑같았다.

후추통으로 분장한 에스펜이 소금통으로 분장한 레아에게 키스를 하고 있었다. 멍청하고 바보 같은 금속 모자를 쓰고서, 그것도 내가 아닌 다른 사람에게…….

나는 인터넷에서 레아에 대한 정보를 검색했다. 적당히 예쁘장한 얼굴에 갈색 머리칼, 녹색 눈동자, 그리고 에스펜과 키스를 한 입술……. 생일은 3월이고 외동딸이며, 잘하는 것은 체조, 또 에스펜과 키스한 입술……. 아주 평범한 소녀, 평. 범. 한. 소. 녀.

"집에 갈 준비는 다 했니?"

엄마가 캐리어를 끌고 문 앞에 서서 물었다.

"호텔을 떠나면서 영상을 한 편 찍을까? 이번 행사를 요약하는 의미에서 말이야. 한 번은 내 방식대로 찍고, 또 한 번은 네 방식대로 찍어 보자. 어때?"

나는 고개를 저었다.

"싫어요."

"뭐? 어제는 하겠다며? 너도 골프 부인 말 들었지? 둘이서 함께 영상을 찍으면 인기가 엄청날 거라고 했잖아. 바로 인플루언서 모녀가 되는 거지!"

내가 아무 대답도 하지 않자, 엄마 얼굴에서 웃음기가 싹 사라졌다.

"마리에, 엄마는 가끔 너를 이해할 수가 없어."

"뭐가요?"

"마음가짐을 바꾸면 삶도 바꿀 수 있다잖아? 내가 너라면 요즘 같은 때 이 말을 무지 자주 떠올릴 거야."

엄마는 고개를 절레절레 저으며 캐리어를 끌고 밖으로 나갔다.

"로비로 내려와!"

캐리어의 바퀴 소리가 복도 끝으로 멀어졌다. 곧 엘리베이터 문이 닫히는 소리가 들렸다.

나는 휴대폰을 벽에다 힘껏 내던졌다.

헤디가 메시지를 보내, 일요일에 자기 집에 오겠느냐고 물었다. 썩 내키지는 않았지만 딱히 거절할 핑곗거리가 없었다. 예전에는 일요일이면 가끔 에스펜과 함께 영화를 보기도 했지만, 이제는 그럴 일이 없었다. 에스펜은 분명 일요일을 레아와 함께 보낼 테니까.

아일랜드 식탁에 놓인 스툴은 불편하기 짝이 없었다. 이 의자에서 편안함을 느끼기란 도저히 불가능했다. 헤디와 율리아가 둘만의 수다에 빠진 덕분에 함께 떠들지 않아도 된다는 점이 그나마 다행이었다. 이대로 조용히 있다가 집으로 돌아갈 생각이었다.

"나는 금요일 파티 이야기를 좀 더 하고 싶어."

헤디가 갑자기 화제를 돌렸다.

가십을 좋아하는 두 사람은 핼러윈 파티에 관해 신이 나서 떠들어 대기 시작했다. 괴상한 춤을 춘 스티안 선배, 크리스티네에게 고백한 아므릿, 그리고 키스를 나눈 에스펜과 레아……. 그건 내가 이 세상에서 가장 듣고 싶지 않은 이야기였다.

"두 사람, 정말 행복해 보이더라. 그리고 굉장히 잘 어울렸어."

헤디가 방긋이 웃으며 말했다. 나는 듣지 않으려고 애를 썼다. 하지만 쉽지 않았다. 헤디가 끈질기게 질문을 던졌기 때문이다.

"에스펜이 오래전부터 레아를 좋아했니?"

"나도 몰라."

그건 사실이었다. 나는 둘의 관계를 전혀 모르고 있었으니까. 바로 그 점이 더욱 최악으로 느껴졌다. 어쩌면 에스펜이 정말로 꽤 오랫동안 레아를 좋아했을 수도 있었다. 나는 그것도 모른 채 에스펜이 나를 좋아한다고 착각했을 수도…….

아니, 적어도 나를 좋아하는 마음이 아주 없지는 않았을 거라고 믿고 싶었다. 왜냐하면, 에스펜은 나를 자신의 너드라고 불러 주었으니까.

"레아는 참 운이 좋아. 에스펜과 사귀게 되었으니 말이야."

헤디가 말했다.

"핏!"

나도 모르게 코웃음이 새어 나왔다. 헤디가 눈썹을 씰룩였다.

"왜? 에스펜…… 꽤 멋있잖아? 에스펜 같은 아이와 사귈 수 있으면 운이 좋은 게 맞지."

나는 아무 말도 하지 않고 휴대폰만 바라보았다. 다른 생각을 해야지, 다른 생각을 해야지, 다른 생각을 해야지…….

"아아!"

헤디가 돌연 외마디 소리를 지르더니 눈을 가늘게 떴다.

"혹시 너……, 질투하는 거야?"

"……뭐? 아니야!"

갑자기 부엌이 몹시 비좁게 느껴졌다. 사방의 벽에 짓눌리는 듯한 기분이 들었다.

헤디가 소리 내어 웃었다.

"아니긴 뭐가 아니야! 완전히 티 나는데?"

헤디가 내 쪽으로 바싹 다가왔다.

"이런……, 불쌍한 우리 마리에."

헤디의 손이 내 뺨을 불쾌하게 쓸어내렸다.

"혹시 소꿉친구를 짝사랑하고 있었던 거야? 그 아이가 다른 아이를 좋아하는 것도 모르고?"

나는 온몸을 비틀며 인상을 썼다.

"너, 귀먹었어? 아니라고 했잖아? 누가 걜 좋아한대?"

하지만 헤디는 내 말을 들은 척도 하지 않았다.

"율리아, 마리에 좀 봐. 질투가 나서 어쩔 줄 모르겠나 봐. 아유, 불쌍해서 어쩌니?"

율리아도 얄밉게 미소를 지으며 고개를 연방 끄덕였다.

"불쌍한 마리에⋯⋯, 그런 처지가 되면 기분이 어떨까?"

순간, 얼굴이 화끈 달아올랐다. 이런 상황은 전혀 생각지 못한 것이었다.

"세상에! 아니라니까! 정말 안 좋아한다고!"

모든 게 발가벗겨져서 마음속까지 훤히 내보인 기분이었다. 두 사람은 내가 에스펜을 좋아한다고 철썩같이 믿고 있었다. 이 상황을 견딜 수가 없었다. 에스펜이 나를 좋아하지 않는다는 사실이 명백해진 지금으로서는 더욱더 그랬다.

"부끄러워할 것 없어. 누굴 좋아하는 게 나쁜 일은 아니잖아?"

"아니? 전혀 부끄럽지 않아. 왜냐하면 에스펜과 나는 정말로 아무 사이도 아니니까."

내 말에 헤디가 고개를 갸웃거렸다. 그러고는 나를 달래듯이 말했다.

"알았어, 마리에. 신경 쓰지 마. 네가 한 말들은 이미 잊어버렸으니까."

나는 그 말을 믿었다. 거짓말이라는 걸 뻔히 알면서도.

아침부터 에스펜과 레아가 매점에 나란히 앉아 있었다. 교실에 가는 길이었지만, 막상 눈앞에 보이니까 발걸음이 저절로 멈췄다. 두 사람을 훔쳐보면 안 된다는 걸 알지만 도저히 그냥 지나칠 수가 없었다.

나는 매점 옆 기둥 뒤에 숨었다. 차가운 기둥에 오른쪽 뺨이 닿았다. 어쨌든 저쪽에서는 보이지 않는 위치였다.

에스펜은 여느 때와 조금도 다름없었다. 두 사람은 꽤 오래 사귄 사이인 것처럼 모든 게 너무나 자연스러웠다. 심지어 나보다 더 오래 알고 지낸 사이인 것마냥 보일 정도였다.

에스펜이 두 팔을 열심히 휘저으며 연습장 속의 그림에 대해 이야기했다. 그러자 레아가 큰 소리로 웃음을 터뜨렸다. 전혀 꾸밈없는 웃음소리였지만 내 귀에는 한없이 거슬렸다.

그때였다. 에스펜이 몸을 기울여 흘러내린 레아의 머리칼을 귀 뒤로 조심스레 넘겨 주었다. 내게 그랬던 것처럼 마구 헝클이는 게 아니라 아주아주 조심스럽게.

내게는 단 한 번도 그렇게 해 준 적이 없었다. 아니, 그 누구에게도 그렇게 해 준 적은 없었다. 저건 오직 레아에게만 하는 행동이었다.

누군가의
아픈 상처

복도 바닥이 차갑고 딱딱했다. 좀처럼 편한 자세를 찾을 수 없었다.

"아무것도 없어? 정말로 할 이야기가 아무것도 없다고?"

헤디가 머리를 옆으로 삐딱하게 기울인 채 물었다. 궁금한 것이 있을 때면 머리를 비스듬히 기울이는 게 헤디의 습관이었다. 어쩌면 그저 단순히 자신의 곱슬거리는 머리카락을 늘어뜨려 더 예쁘게 보이려는 행동일 수도 있지만.

"아무것도 없어."

"진짜 하나도 없어? 슬프거나 감동적인 이야기가?"

헤디가 초조한 기색으로 한숨을 쉬었다. 이렇게 안절부절못하는 데에는 다 이유가 있었다.

"우리 같은 인플루언서들은 아무리 힘들고, 어렵고, 개인적인 일이라도 모두에게 공개해야 해. 사람들과 그런 이야기를 나눌 수 있어야 한다고! 이번 주가 바로 그렇잖아. '#감동적인 이야기' 주간이니까. 블로거든 유튜버든 모두 빠짐없이 참여한다고."

"감동적이고 교훈적인 이야기를 공유하는 건 매우 중요해."

율리아가 끼어들었다. 그 말에 헤디가 열성적으로 고개를 끄덕였다.

'#감동적인 이야기' 주간이 뭔지 모르는 것은 아니었다. 온라인에서 벌어지는 행사 중 가장 크고 가장 중요한 이벤트였다. 하지만 나에게 그토록 감동적인 이야깃거리가 있었다면, 애초에 '#너드' 대신 그걸로 과제를 하지 않았을까.

헤디가 몸을 일으키며 말했다.

"뭐든 생각해 내야 해. 난 작년에 반려동물이 죽은 이야기를 했어. 재작년에 이어 두 번이나 써먹은 소재야. 삼 년째 같은 이야기를 할 수는 없잖아? 마리에, 올해는 네가 뭐라도 하면 좋겠어. 요즘 인터넷 공간에서 가장 유명한 사람은 바로 너니까."

나는 입술을 꼭 깨물었다. 머릿속이 매우 복잡했다.

"잘 생각해 봐! 내일까지."

헤디가 휙 돌아서자 율리아가 그 뒤를 종종걸음으로 따라갔다. 나는 교실 앞 복도에 홀로 남겨졌다. 입술을 너무 세게 깨물었는지 피 맛이 느껴졌다.

오랜만에 낡은 앨범을 꺼냈다. 예전에는 시간만 나면 꺼내 보던 앨범이었다. 매끈거리는 사진 표면에 천장의 조명등이 반사되어 반짝였다. 엄마는 각각의 사진 밑에 언제 어디서 찍은 것인지 꼼꼼하게 적어 놓았다. 〈별장의 마리에-태어나서 처음 맞이한 여름〉, 〈마리에가 받은 첫 번째 크리스마스 선물〉…….

앨범의 가장 앞에는 갓난아기 때의 내 사진이 가득했다. 유모차에 앉아 있는 나, 목욕통 속에 앉아 있는 나, 흔들의자에 앉아 있는 나, 아빠 손을 잡고 걸음마를 시작하는 나, 아빠와 엄마, 그리고 나…….

"마리에, 뭐 하니?"

엄마가 문 앞에 서 있었다.

"옛날 사진을 보고 있었어요."

순간, 엄마의 입이 쩍 벌어졌다.

"어머나! 그때의 헤어스타일은 떠올리기도 싫은데 왜 또 꺼냈니? 이크, 엄마는 저녁 준비나 하러 가야겠다."

나는 세 살 때 찍은 생일 사진 속에 담긴 우리 가족을 손가락으로 쓸어내렸다. 사진 한가운데에 엄마와 내가 있었다. 그때 엄마의 금색 앞머리는 눈을 덮을 만큼 길었다. 아빠는 그 뒤에 그림자처럼 서 있었다. 이제는 손님이 되어 버린 아빠는 언젠가부터

뒷배경처럼 사진을 찍었다. 하지만 어느 사진이든 항상 웃는 얼굴이었다.

나는 그 얼굴을 보며 슬며시 따라 웃었다. 그리고 웃고 있는 아빠 사진을 카메라로 찍어 문자 메시지로 보냈다. 아빠는 금방 답장을 보내 주었다. 스마일, 그리고 엄지를 세운 이모티콘.

에스펜은 일곱 살의 끄트머리 즈음부터 등장했다. 가장 첫 사진은 놀이터에서 찍힌 것이었다. 지나가다가 우연히 찍힌 걸까? 사진의 오른쪽 끄트머리에 얼굴을 내밀고 있었다. 사실 그 사진은 우리 관계의 시작을 그대로 나타내었다. 에스펜은 내 삶에 우연히 들어와 단짝이 되어 주었으니까.

그다음부터는 에스펜이 없는 사진을 찾기가 힘들었다. 둘이 함께 저녁을 먹는 사진, 둘이 함께 수영하는 사진, 둘이 함께 성탄절 쿠키를 굽는 사진……. 똑같은 모자를 쓰고, 똑같은 멜빵바지를 입고, 똑같은 곰 인형 티셔츠를 걸친 사진……. 웃음이 절로 새어 나왔다.

4학년으로 올라가기 직전의 방학 때는 함께 여행을 갔다. 사진 속에 엄마와 나, 에스펜, 그리고 에스펜의 엄마가 있었다. 에스펜의 얼굴은 이전 해보다 훨씬 창백했다. 게다가 4학년이 된 첫날의 사진 속에서는 더욱더 야윈 채 헐렁한 옷차림으로 우울하게 서 있었다. 카메라를 쳐다보고 있지도 않았다.

나는 앨범을 손에서 내려놓았다. 그해는 에스펜의 아버지가 갑자기 집을 떠난 때였다. 아무도, 심지어 에스펜 엄마조차도 그 이유를 알지 못했다. 물론 에스펜도 마찬가지였다. 그 일은 에스펜의 삶을 완전히 바꾸어 버렸다.

나는 4학년 때의 에스펜을 조심스레 토닥였다. 그때의 내가 그랬던 것처럼. 하지만 섣불리 말을 걸 수 없는 것은 그때나 지금이나 마찬가지였다. 나는 숨을 깊게 들이마셨다가 천천히 내쉬고는 앨범을 덮었다. 바로 이거였다. 내가 할 수 있는 중요하고 감동적인 이야기…….

바로 그때 침대 옆에 놓아둔 휴대폰에서 진동음이 울렸다.

> 혹시 생각할 시간이 더 필요해?ㅋㅋㅋ

헤디가 연이어 메시지를 보냈다.

> 아니다, 좀 더 진지하게 말할게. 방금 사라가 자신의 우울증에 관한 이야기를 올렸어. 굉장히 슬프고 감동적이더라. 우린 그보다 더 강한 이야기를 찾아야 해.

나는 엄지를 내민 이모티콘을 보냈다. 뒤늦게야 그다지 적절한 답장이 아니었다는 생각이 들었다.

> 이게 뭐야? 너드는 원래 이렇게 반응해?

> ㅋㅋㅋㅋ

헤디와 율리아의 반응이 사뭇 민망할 지경이었다. 분위기를
또 못 읽었다.

> 미안해. 더 생각해 볼게. 지금은 좀 피곤해서.

헤디는 금방 답장을 보냈다.

> 정말 진지하게 고민해 줘. 만약 그럴듯한 이야기를 생각해 내지
> 못하면, 난 더 이상 너랑 함께 다니지 않을 거야.

대화 창에 정적이 감돌았다. 나도, 율리아도 메시지를 확인했
지만 아무 말을 꺼내지 못했다. 저 말에 진심이 얼마나 담겨 있
을까? 헤디가 다시 메시지를 보냈다.

> 농담이야. 그 정도로 진지하다는 뜻.

그제야 율리아가 스마일 이모티콘을 보냈다.

알았어, 내일 학교에서 봐.

나는 대화 창을 닫고서 휴대폰을 내려놓았다. 침대에 몸을 파묻고서 힘을 풀어 보려고 했지만 마음처럼 잘되지 않았다. 긴장을 많이 했는지 온몸의 근육이 뻣뻣했다. 몸이 허공에 떠 있는 것만 같았다. 나는 다시 휴대폰을 집어 들었다.

내가 할 수 있는 이야기

- 엄마와 아빠가 이혼한 이야기
- 운동에 전혀 소질이 없는 내 이야기(셀프 디스)
- 에스펜이 거식증에 걸렸던 이야기

몸이 더욱 뻣뻣해졌다. 부모님들의 이혼은 특별할 게 없었다. 사실 엄마와 아빠조차 별로 힘들어하는 것 같지 않았다.

다른 사람들에게 중요하고 감동적인 이야기를 공유할 때는 입 밖으로 내기 힘든 것도 말할 수 있어야 한다. 그래야 그들에게 도움을 줄 수 있을 것이다.

나는 휴대폰에 적어 둔 메모를 다시 읽었다. 타인의 삶을 변화시킬 수 있는 이야기이자 헤디를 만족시킬 수 있는 이야기…….

그럴 수 있는 이야기는 딱 하나밖에 없었다. 그런데 다른 사람의 이야기를 내가 해도 되는 걸까? 이름만 밝히지 않으면 괜찮을까? 나는 '에스펜'을 '친한 친구'로 수정해 보았다.

- 친한 친구가 거식증에 걸렸던 이야기

수정을 하고 나니까 조금 나은 것도 같았다.

"어떤 이야기를 가져왔는지 기대해도 되겠지?"

헤디가 반쯤 먹은 크네케브뢰드와 요거트를 옆으로 밀었다. 나는 말없이 치즈 빵을 한 입 베어 물었다. 하지만 씹어 넘기기가 쉽지 않았다.

"뭐가 좀 떠올랐어?"

헤디가 또 물었다. 율리아도 나를 빤히 바라보았다. 마지막 치즈 조각이 목에 걸렸다. 나는 다시 한번 힘주어 목에 걸린 조각을 꿀꺽 넘기고는 어깨를 으쓱했다.

"율리아는? 율리아는 아무것도 안 해?"

헤디가 고개를 저었다.

"마리에, 그건 이미 끝난 이야기잖아. 지금 대세는 바로 너라고. 그건 인정하지? 율리아, 네 기분을 상하게 하려는 건 아니니까 이해해 줘."

율리아가 헤디에게 미소를 지어 보였다.

"괜찮아."

대답을 재촉하는 헤디의 눈빛에 짜증이 섞이기 시작했다. 나는 헛기침을 하며 어렵사리 말을 꺼냈다.

"어……, 우리 부모님, 이혼했어."

헤디가 곧장 웃음을 터뜨렸다. 그게 뭐 대수냐는 듯 어이없는 웃음……. 그 웃음소리를 들으며 나에 대한 헤디의 관심이 점점 사라지고 있다는 걸 느꼈다.

"마리에, 이번 이야기는 강렬해야 돼. 부모님이 이혼한 것처럼 흔하고 지루한 이야기로는 안 된다고."

나는 어제의 메모를 떠올렸다. 그중에서 무엇이 가장 중요하고 강렬한지는 의심할 여지가 없었다.

결국 그 이야기를 끄집어내어 혀끝에 올리고 말았다. 온몸의 근육이 팽팽하게 긴장했다. 허리를 쭉 폈다. 입을 벌렸지만 막상 그 이야기는 혀끝에서 밖으로 나오려고 하지 않았다.

헤디가 지루한 표정으로 휴대폰을 집어 들었다. 그리고 율리아에게 무언가를 보여 주며 키득거렸다. 이내 나에게로 시선을 돌리더니 체념한 표정으로 작게 한숨을 내뱉었다.

"어쩔 수 없지. 내가 직접 하는 수밖에."

생쥐처럼 나직하고 교활한 목소리, 햇빛을 향해 살짝 기울인 머리……. 잠시 후 헤디와 율리아가 의미심장한 눈빛을 교환했다. 곧 두 사람이 동시에 몸을 일으켰다.

"그럼, 우린 먼저 가 볼게."

헤디가 머리카락을 휘날리며 돌아섰다. 나는 먹다 남은 빵을 물끄러미 내려다보았다. 목까지 올라온 심장이 무겁게 짓눌렸다. 주변의 소리가 머릿속에 복잡하게 엉켜들었다.

"잠깐만!"

내가 외쳤다. 헤디가 발걸음을 멈추고는 의미심장한 얼굴로 몸을 돌렸다.

"어……, 왜?"

"다른 이야기가 더 있긴 해. 하지만 그건……, 내 이야기가 아니야."

"굳이 네 이야기가 아니어도 괜찮아. 무슨 이야기인데 그래?"

나는 잠시 주저하다가 힘겹게 말문을 열었다.

"……거식증에 걸렸던 아이의 사연을 알아. 그러니까 그 아이의 이야기야."

헤디의 눈빛이 순식간에 달라졌다.

"바로 그거야! 난 네가 뭔가 떠올릴 줄 알았어."

"거식증이라면 두말할 것 없는 주제지."

율리아도 격렬하게 고개를 끄덕이며 맞장구를 쳤다.

"얼마나 심각했니? 죽을 뻔했어? 혹시 너희 엄마 이야기야?"

"아니, 우리 엄마 이야긴 아니야. 내 친구 이야기인데, 아주 심각한 건 아니었어. 그냥……, 학교를 몇 달 정도 쉰 것뿐이야."

헤디가 머릿속에서 퍼즐을 끼워 맞추려는 듯 눈을 가늘게 떴다. 그러다가 뭔가 떠올랐는지 입을 뻐끔거렸다. 눈이 튀어나올 만큼 휘둥그레졌다.

"세상에! 4학년 때 에스펜이 반년이나 학교에 안 나왔던 게 바로 그것 때문이었어?"

"뭐? 아니야! 난 그 애가 에스펜이라고 하지 않았어."

하지만 헤디는 내 말을 듣지 않았다. 나는 급하게 주변을 살폈다. 중앙 현관에는 아직 많은 아이들이 있었다.

"에스펜이 거식증에 걸렸다니! 이게 믿어지니?"

율리아가 목이 떨어져라 세차게 고개를 저었다.

"완전 대박!"

헤디가 율리아의 어깨를 툭 치자, 두 사람이 동시에 웃음을 터뜨렸다. 나는 심장이 밖으로 튀어나올 것처럼 빠르게 뛰었다. 큰소리로 다시 말했다.

"이건 에스펜과 상관없는 이야기야. 그러니까 제발 목소리 좀 낮추면 안 돼?"

헤디가 웃음을 뚝 멈췄다.

"마리에, 우리랑 친해지기 전에 너한테 친구는 딱 한 명뿐이었잖아. 네가 말한 그 친구가 에스펜이라는 건 말 안 해도 당연히 눈치채지."

"야, 그거 너무 팩폭이다!"

율리아의 말에 헤디가 깔깔대며 웃었다. 벽에 부딪힌 웃음소리가 메아리처럼 돌아와 내 가슴 한가운데에 날카롭게 꽂혔다.

"오래 그랬던 건 아니야. 단지……, 그 아이 아빠가 갑자기 사라지는 바람에 아주 잠깐 그랬던 거야. 금세 괜찮아졌어."

변명이랍시고 나온 말이 상황을 더욱더 악화시키고 말았다. 애초에 입을 열지 말았어야 했는데……. 그 사실을 깨달았을 때는 이미 너무 많은 것을 말해 버린 뒤였다.

"방금 한 이야기는 잊어 줘. 진심으로 부탁할게. 미안해, 처음부터 하지 말았어야 했어."

"걱정 마, 마리에. 익명으로 하면 되잖아. 네가 아는 지인의 이야기라고 하면 돼. 아무도 모를 거야."

나는 침을 꿀꺽 삼켰다.

"그러면……, 누구에게도 이름을 말하지 않겠다고 약속해."

두 사람은 눈빛을 교환한 후, 동시에 나를 쳐다보았다. 그러더니 헤디가 바짝 다가와 나직이 속삭였다.

"물론이지, 마리에. 우리가 그 정도로 생각이 없는 건 아니야. 거식증에 걸렸다는 게 세상에 알려지면 에스펜도 얼마나 민망하겠니? 건강한 남자애가 그런 병에 걸리다니!"

배 속을 짓누르고 있던 묵직한 것이 목구멍까지 차 올라왔다. 나는 침을 꿀꺽 삼켜 그 덩어리를 억지로 밑으로 내려보냈다.

"정말이지?"

헤디와 율리아가 세차게 고개를 끄덕였다. 과하다 싶을 정도로 열심히.

"약속할게."

가짜들만 모인
가상의 세계

이어폰을 귀에 꽂은 다음 볼륨을 최대치로 올렸다. 음악 소리에 파묻힌 채 복도와 문을 지나 계단을 내려갔다. 이어서 운동장과 자전거 주차장까지 통과했다.

체육관에서 막 나오는 에스펜이 보였다. 나는 못 본 체하고서 더 빨리 걸었다. 지금 이 순간 세상에서 가장 마주하기 거북한 사람을 꼽으라면 두말할 것도 없이 에스펜이었다.

그때 내 어깨에 누군가의 손이 닿았다. 그와 동시에 이어폰이 귀에서 쑥 빠져나갔다.

"안녕!"

에스펜이었다. 나도 모르게 표정이 굳어졌다.

"어……, 안녕! 어, 어디서 오는 길이야?"

"체육관에서. 못 봤어?"

"응, 못 봤어."

"주위를 좀 둘러보면서 다녀, 너드."

에스펜이 내 어깨를 살짝 밀쳤다. 나는 어색하게 웃으며 반대쪽 이어폰을 귀에서 마저 뺐다. 그리고 에스펜과 나란히 걷기 시작했다.

우리는 집에 가는 내내 아무 말도 하지 않았다. 오 분쯤 더 가면 육교가 나오는데, 거기에서 헤어져 각자의 집으로 가야 했다. 사실 해야 할 말이 있었지만, 쉽사리 입이 떨어지지 않았다. 목구멍이 꽉 막힌 듯 답답했다.

에스펜이 먼저 말문을 열었다.

"오늘은 뭐 할 거야?"

"아무것도……. 그냥 집에 있으려고, 넌?"

"나도."

나는 고개를 끄덕이며 발걸음을 하나하나 세었다. 하나……, 둘……, 다섯……, 열……, 열다섯……. 마침내 육교 앞에 도착했다.

"안녕. 잘 가."

에스펜이 작별 인사를 했지만, 나는 아무 말도 하지 않고 그저 손만 흔들었다.

에스펜은 고개를 끄덕이더니 똑같이 손을 흔들었다. 그러고는 미소를 살짝 지어 주었다. 심장이 바닥으로 쿵 떨어졌다. 내가 무슨 짓을 했는지 알게 되어도 에스펜이 계속 웃어 줄까? 내가 헤디와 어떤 약속을 했는지 알게 되어도?

나는 용기를 내어 입을 벌렸다. 오늘 있었던 일을 고백해야 했다. 하지만 에스펜은 이미 저만치로 가 버린 후였다.

저녁 내내 마음이 오락가락했다. 에스펜이 거식증에 걸린 것은 아주 오래전의 일이었다. 시간이 많이 지난 데다 상황도 달라졌으니, 그때만큼 심각하게 생각하지 않을 수도 있지 않을까? 아니야, 그래도 집에 오기 전에 말을 했어야 해…….

나는 심호흡을 하고 휴대폰을 집어 들었다. 에스펜의 이름 옆에서 녹색 불빛이 반짝였다. 예전에 저장해 두었던 고양이 사진을 찾아서 에스펜에게 보냈다. 에스펜이 곧장 메시지를 확인하고 답장을 보냈다.

하하하.

간결한 메시지와 눈물을 찔끔 흘리는 스마일 이모티콘이었다. 나는 답장으로 스마일과 엄지척 이모티콘을 보냈다. 그리고 곧바로 춤추는 여자의 우스꽝스러운 이미지도 보냈다. 에스펜은 또다시 간결하게 답장을 보냈다.

내일 보자.

나는 다시 한번 엄지척 이모티콘을 보냈다. 그건 빨간 하트와는 정반대의 의미였다. 그러니까 에스펜이 아니라 아빠를 떠오르게 하는 이모티콘, 설레지 않는 이모티콘, 우리가 주고받았던 모든 것과는 완전히 다른 느낌을 가진 이모티콘이었다.

연갈색 머리칼이 얼굴을 부드럽게 감싸고 있는 데다, 곱슬거리는 옆머리는 귀 뒤에 단정히 걸려 있었다. 티 없이 하얀 피부는 너무나 부드럽고 깨끗했다. 내 얼굴이 단 한 번이라도 저렇게 깨끗해 보인 적이 있었던가? 아무리 생각해도 없는 것 같았다.

레아가 기둥 옆 창가에 서서 친구들과 무언가를 열심히 이야기하고 있었다. 내가 앉은 벤치에서 불과 몇 미터밖에 떨어지지 않은 곳이었다. 곧 과학 시간이었지만 자리를 뜰 수가 없었다.

친구들이 뭔가를 물어본 모양이었다. 레아는 쑥스럽다는 듯 재킷의 지퍼를 올렸다 내렸다 했다. 미소를 띤 얼굴이 살짝 붉어진 것도 같았다.

"응, 맞아. 우리, 사귀기 시작했어."

레아가 마치 비밀을 속삭이듯 나직한 목소리로 말했다. 하지만 그 말만큼은 내게도 똑똑히 들렸다.

레아를 둘러싼 친구들이 환호성을 지르며 차례차례 포옹을 했다. 레아의 얼굴에 환하게 미소가 피어났다. 그때마다 하얗고 고른 치아가 드러났다. 마음에서 우러나오는 웃음을 도저히 숨길 수 없어 하는 것 같았다.

하지만 내 가슴속에서는 소리 없는 폭발이 일어났다. 누군가가 벤치를 향해, 바닥을 향해 심장을 아래로 마구 끌어당기는 것만 같았다. 숨이 턱턱 막혔다. 물에 빠진 사람처럼 입을 뻐끔거리며 숨을 몰아쉬었다. 하지만 늦었다는 것을 깨달았다. 나는 이미 한참 전부터 물 밑에 가라앉아 있는 상태였다.

수업 시간에는 내내 에스펜과 주고받았던 메시지를 읽고 또 읽었다.

"모두 보안경을 쓰도록 해!"

과학 선생님이 시험관을 들어 올렸다.

"지금부터 아주 조심해야 해. 더 자세히 보려고 몸을 앞으로 내밀어선 안 돼. 폭발하면 위험할 수 있으니까."

내일 보자.

보안경 때문에 휴대폰 화면이 잘 보이지 않았다. 안경을 살짝 들어 올리고 다시 봤지만 마지막 메시지는 여전히 그대로였다. '네게 할 말이 있어.'라든지, '만나서 이야기하자.'라든지, '여친이 생겼어. 우린 솔메이트니까 이런 소식은 내가 직접 전해야 할 것 같아서.'와 같은 말은 어디에도 없었다.

"좋아, 모두 준비됐지?"

선생님이 시험관 속에 든 것을 커다란 용기에 부었다. 액체가 섞이면서 거품이 일고 물 끓는 소리가 났다.

"조심해! 곧 폭발할 거야!"

에스펜도, 나도 서로에게 해야 할 중요한 이야기가 있었다. 하지만 우리의 대화 창에는 그런 언급이 전혀 없었다. 나는 휴대폰을 주머니에 집어넣고 손으로 얼굴을 감쌌다.

펑!

헤디가 팔을 앞으로 쭉 뻗었다. 휴대폰이 멀어지고 카메라 프레임 안에 헤디와 나의 얼굴이 꼭 들어찼다. 곧 라이브 방송이 시작될 예정이었다. 라이브 방송은 처음이라서 많이 긴장할 것 같았지만, 막상 카메라 앞에 서니까 딱히 그렇지도 않았다. 마음속이 한없이 고요하기만 했다.

율리아가 입을 뻐끔거리며 카운트다운을 했다. 3, 2, 1…….

"여러분, 안녕하세요! 오늘은 특별 게스트를 초대했답니다. 여러분도 아시다시피, 이번 주는 '감동적인 이야기'를 공유하는 주간인데요. 이 시간을 위해 특별히 '#너드'를 초대했어요."

헤디가 서두를 열었다. 평소보다 더 활기 가득한 목소리였다.

율리아는 반대쪽에 앉아 자신의 휴대폰으로 라이브 방송을 보고 있었다.

"구독자분들에게 인사해 주세요."

"안녕하세요?"

나는 보이지 않는 누군가를 상상하며 카메라 너머로 인사를 했다. 아무 대답이 없었다. 방 안에는 여전히 침묵이 흘렀다. 꼭 잘 짜여진, 그리고 가짜들만 모인 가상의 세계를 헤매는 듯한 느낌이었다.

"오늘은 너드가 자신이 아는 아주 감동적인 이야기를 공유해 줄 예정인데요. 어떤 이야기를 들려줄지 정말 기대됩니다."

헤디가 나를 바라보았다.

나는 어색하게 웃으며 머릿속을 정리했다. 사람들이 눈앞에 없어서일까, 아니면 가짜 세계라고 생각해서일까? 왠지 에스펜의 이야기를 해도 괜찮을 것 같다는 생각이 들었다. 실명을 밝히지 않으면 누구의 이야기인지 알 수 없을 테고, 또 라이브 방송을 보는 사람도 생각보다 많지는 않을 듯했다.

나는 천천히 이야기를 시작했다. 처음에는 말이 잘 나오지 않았지만, 시간이 흐를수록 말하기가 조금씩 쉬워졌다.

시간이 얼마나 흘렀을까. 마침내 이야기가 끝났다. 헤디는 과장되게 눈물을 글썽거렸다. 나는 안도의 한숨을 내뱉었다. 첫 라이브 방송을 그럭저럭 잘 해낸 것 같아서였다. 줄곧 뻣뻣하게 군어 있던 어깨가 이제야 부드러워졌다. 카메라를 보며 미소를 짓는 여유까지 생겨났다.

"이렇게 감동적이고 강렬한 이야기를 공유해 줘서 고마워요."

"별말씀을요."

이제 마무리 인사만 하면 방송은 끝이었다. 그때 헤디가 나를 슬쩍 쳐다보았다. 뭔가 불길했다.

"아, 이 이야기의 주인공은 너드의 오랜 소꿉친구랍니다. 지금은 4학년 때의 고통스런 기억을 깨끗이 잊고 잘 지낸다고 하니까 정말로 다행이죠."

헤디는 말을 마치자마자 잽싸게 카메라를 껐다. 방송이 끝났다. 그리고 내 인생도 함께 끝났다. 괜찮을 것 같은 기분은 완전히 착각이었다. 속이 메슥거려서 금방이라도 토할 것 같았다.

화면을 지켜보던 율리아가 흥분해서 휴대폰을 마구 흔들었다.

"반응이 엄청 나! 댓글이 계속 달리고 있어."

헤디가 그것 보라는 듯 의기양양한 표정을 지었다.

"그럴 줄 알았어! 마리에가 오늘 정말이지 색다르고 특별한 이야기를 해 주었으니까. 그게 무슨 말이냐 하면 '좋아요'를 엄청 많이 받을 거라는 뜻이지!"

헤디가 환호하며 율리아와 하이파이브를 했다.

"아, 물론 '좋아요'가 전부는 아니야. 그건 보너스 같은 거니까."

나는 당황한 얼굴로 헤디의 말을 가로챘다.

"잠깐만, 지금 그게 중요한 게 아니야. 네가 이 이야기의 주인 공이 내 소꿉친구라는 걸 밝혀 버렸잖아."

내 말에 헤디가 눈을 동그랗게 뜨며 놀란 표정을 지었다. 마치 자기가 정말로 그랬냐고 되묻는 것처럼. 진짜로 기억을 못하는 걸까? 설마 무의식 중에 그런 거라고? 그럴 리가 없었다. 표정만 놀란 척하고 있을 뿐, 눈빛은 전혀 그렇지가 않았다.

"어머, 내가 그랬어? 라이브 방송을 하다 보면 내가 무슨 말을 하는지 깨달을 틈도 없이 후다닥 진행될 때가 있거든. 미안해. 일부러 그런 건 아니야."

헤디가 전혀 미안하지 않은 얼굴로 대수롭지 않게 말했다. 하지만 내 머릿속과 배 속은 이미 싸늘하게 식어 버린 후였다. 손가락 끝이 찌릿하게 아파 오기 시작했다. 까딱하면 정신을 잃을 것 같았다. 기절하기 직전의 느낌이 이런 걸까?

"걱정 마."

헤디가 말을 이었다.

"방송 끝에 흘리듯이 한 말이니까 제대로 안 들렸을 거야."

그러고 보니 방송 끝이 조금 정신없었던 것 같기도 했다. 그래, 아무도 못 들었을 거야. 그럴 거야······.

위선자로
산다는 것

월요일이 되었다. 무지 이른 시각에 눈을 떴다. 더 이상 잠이
오지 않아서 그냥 일찍 학교에 와 버렸다. 주말 내내 뒤척이느라
잠을 거의 자지 못했다. 그래서인지 속이 더부룩한 데다 신경도
날카로웠다. 수업 시간이 가까워 오자 아이들이 복도로 차츰차
츰 모여들었다.

그때 에스펜이 반대편 복도에서 나타났다. 나를 똑바로 쳐다
보며 내 쪽으로 걸어오고 있었다. 전에 없이 딱딱하게 굳은 얼굴
이었다.

"마리에, 너 미쳤어?"

에스펜이 휴대폰을 흔들며 성큼성큼 다가왔다. 화면에 사진

이 떠 있었다.

"대체 무슨 짓을 한 거야?"

에스펜이 화면 속 사진을 내 눈앞으로 바짝 들이밀었다. 화면 속에서 에스펜은 두 팔을 번쩍 치켜올리며 환호하고 있었다. 나도 아주 잘 아는 사진이었다. 바로 내가 찍어 준 것이니까.

"이게 왜……?"

에스펜이 사진 밑에 달린 댓글을 손가락으로 가리켰다.

"3학년 선배가 내 사진마다 '거식증 환자'라는 댓글을 달았어. 하나도 빠짐없이 전부!"

나는 댓글 창을 다시 살폈다. 사실이었다. '#거식증 환자'라는 해시태그……. 아마 라이브 방송을 본 사람이 분명했다. 겨우 가라앉았던 속이 다시 울렁였다.

"누구한테 무슨 말을 한 거야?"

나는 시선을 아래로 떨구었다. 뭘 어떻게 말해야 하지? 피할 수 있다면 어떻게든 피하고 싶었다. 하지만 그럴 분위기가 아니었다.

나는 천천히 고개를 가로저었다.

"아무 말도 안 했어."

"뭔가 있었으니까 이런 댓글이 달린 거잖아!"

에스펜이 버럭 소리를 질렀다. 나는 주변의 눈치를 살피며 조그맣게 말했다.

"그렇게 크게 말하지 마, 에스펜. 오해라고, 너 아니라고 댓글을 달면 되잖아."

하지만 에스펜은 더욱더 소리를 높였다.

"오해라고? 나의 가장 큰 상처를 다른 사람에게 말해 놓고 이제 와서 오해였다고? 세상에! 할 말이 없다, 마리에."

"하지만 그게 너라고 말한 건 내가 아니……!"

나는 말을 뚝 멈췄다. 어느새 헤디와 율리아가 곁에 와 있었다. 에스펜이 내 시선을 따라 고개를 돌렸다. 이내 두 사람을 발견하고는 고개를 절레절레 저었다.

"아, 그렇군. 새로 사귄 네 친구들에게 말한 거였어. 진작 눈치를 챘어야 했는데."

에스펜이 다시 나를 바라보았다.

"그 대가로 대체 뭘 받았어?"

"아무것도 안 받았어! 단지 이번 주가 감동 주간이라서……, 누군가에게 도움을 줄 수 있는……, 강렬하고 감동적인 이야기를 해 보자길래……."

에스펜이 내 뒷말을 기다리며 나를 뚫어지게 응시했다. 하지만 나는 더 이상 말을 이을 수가 없었다.

"좋아, 마리에. 이제 너랑은 볼 일이 없을 것 같다."

에스펜은 곧장 뒤로 돌아섰다. 아름다운 등과 하늘색 머리카락, 내가 그토록 좋아했던 빨강 스웨터……. 순식간에 모든 것이 눈앞에서 사라졌다. 헤디와 율리아와 나만을 남겨 둔 채.

나를 바라보는 헤디의 눈빛도 차가웠다. 이상하게 눈이 따끔거렸다.

"누군가가 분명 알아챌 거라고 했잖아……."

내가 나직하게 말했다. 하지만 목소리가 하도 작아서 내 귀에조차 제대로 들리지 않았다.

헤디가 무슨 소리를 하느냐는 듯한 표정으로 율리아를 돌아보았다. 율리아도 헤디를 따라 어깨를 으쓱 추켜올렸다. 으쓱 하나, 으쓱 둘. 마치 자기들과는 전혀 상관없는 일이라는 것처럼.

"아무에게도 말하지 않겠다고 약속했잖아……."

헤디가 또다시 웅얼거리는 나를 물끄러미 바라보았다.

"애초에 말을 꺼내지 말았어야지. 그리고 나라면 소꿉친구의 비밀을 동의 없이 까발리는 일은 절대로 하지 않았을 거야."

나를 보는 두 사람의 눈빛에 비웃음이 가득했다.

"둘도 없는 친구의 가장 아픈 비밀을 멋대로 공개하는 게 잘못이라는 생각은 못 했어? 나만 그렇게 생각한 거야? 아니지?"

"그럼."

율리아가 재빠르게 맞장구를 쳤다. 헤디가 내 귀에 대고 속삭였다.

"사람들의 관심을 끌어 보려고 절친의 아픈 기억을 이용하는 건……, 정말 나쁜 일이잖아. 그것도 맞지?"

"그럼, 나쁜 일이고말고."

나는 율리아를 빤히 바라보았다. 연방 고개를 끄덕이는 율리아의 곱슬머리가 얼굴 옆에서 부드럽게 찰랑거렸다.

"미안해, 마리에. 난 그런 짓을 하는 아이와는 친구로 못 지내겠어. 만약 우리가 계속 가깝게 지내면 모두들 나를 너랑 비슷한 아이라고 생각할 거야. 그건 싫어. 내 말 이해하지?"

나는 심호흡을 하며 숨을 가다듬어 보려 했다. 하지만 잘되지 않았다. 숨이 제대로 쉬어지지 않아 목에서 꺽꺽거리는 신음이 흘러나왔다.

"안녕, 너드."

이제 두 사람마저 사라졌다. 보들보들한 스웨터와 부드러운 얼굴, 우정의 헤어스타일이라며 똑같이 꾸민 머리카락이 서로 팔짱을 낀 채 저만치로 가 버렸다.

어느새 복도는 텅 비어 있었다. 교실 문도 모두 닫혀 버렸다. 조용한 복도에 남은 것이라고는 나와 내 울음소리뿐이었다.

어제 하루 만에 구독자 118명이 빠져나갔다. 한동안 새로운 영상을 올리지 않아서 '좋아요'를 누르는 사람도 거의 없었다.

이불을 머리끝까지 끌어 올렸다. 오늘은 머리가 아파서 학교에 못 가겠다며 핑계를 댔다. 하지만 내가 간과한 사실이 하나 있었다. 집에서 엄마를 피할 방법이 없다는 것을.

"마리에?"

"싫어요!"

만약 엄마가 내 이름을 한 번만 더 부른다면 나는 미쳐 버릴지도 모른다는 생각을 했다. 진짜로 그럴 것 같았다.

"마리에, 사랑하는 우리 딸……."

이불 밖으로 머리를 슬그머니 내밀었다. 엄마가 문에 기대어 선 채 슬픈 눈으로 나를 바라보고 있었다.

"네가 좋아하는 음식을 좀 만들었어."

"안 먹는다니까요."

삼십 분 동안 벌써 다섯 번이나 실랑이를 벌이는 중이었다.

"마리에, 오늘 하루 종일 아무것도 안 먹었잖니?"

세상에! 같은 말을 대체 몇 번이나 해야 하는 걸까? 지금은 엄마와 대화를 나눌 기분이 아니었다. 같이 식사를 하고 싶지도, 얼굴을 마주하고 싶지도 않았다.

"배 아파서 못 먹겠어요."

"혹시 학교에서 무슨 일 있었어?"

"네, 아주 큰일이요. 그러니까 제발 좀 혼자 있게 가만 내버려 두세요."

"알았어, 알았어. 그런데 오늘 아침에 엄마가 보낸 메시지는 읽어 봤니?"

나는 벽만 바라본 채 아무 대답도 하지 않았다. 돌아누운 내

등이 나의 의사를 확실히 전달해 주기를 바랐다. 단호한 대화 거부, 그리고 내 방에서 나가 달라는 메시지.

"한번 읽어 봐. 혹시 도움이 될지 아니?"

이윽고 엄마가 방에서 나갔다.

나는 주머니에서 휴대폰을 꺼내 메시지 함을 열었다. 엄마가 보낸 문자 메시지가 맨 위에 있었다.

> 오늘의 명언 : 만약 문이 열리지 않는다면, 그 문은 당신의 것이 아니다.

심장에 손을 얹고 말하건대, 이건 내가 여태까지 들어 본 것 중에서 가장 찔리는 말이었다.

에스펜은 다섯 살 때부터 나의 문이었다. 그 문에 새겨진 것이라면 아주 조그마한 자국이나 얼룩까지 낱낱이 알고 있었다. 물론 그 문을 언제 열고 닫아야 하는지도 훤히 꿰뚫었다.

나는 에스펜이 케첩을 싫어하고 겨자 소스를 좋아한다는 사실을 알고 있었다. 해마다 크리스마스 선물로 새 잠옷을 받고 싶어 하며, 댄스 학원을 그만두었던 걸 지금까지 후회한다는 사실도 잘 알았다.

4학년 때 아버지가 갑자기 집을 나간 후 거식증에 걸려 한동안 고통받았다는 것도, 그 이야기를 공개적으로 해 버린 사람이 다름 아닌 바로 나라는 것도…….

휴대폰을 끄려다가 헤디의 블로그에 글이 올라왔다는 알림을 보고 블로그를 열었다. '좋아요'가 벌써 500개나 되었다. 직접적으로 내 이름을 언급하지는 않았지만, 나는 그 글이 나를 저격한 것임을 곧바로 알아챘다.

위선자로 산다는 것 : 오늘은 진실한 친구에 관해 생각해 봤다. 진실한 친구란, 내 비밀을 200퍼센트 지켜 줄 수 있는 사람이 아닐까? 어떤 일이 있더라도 나의 비밀을 이야기하지 않을 사람 말이다. 살아가는 데 진실한 친구가 있다는 것은 그 무엇보다 중요하다.

글 끝에는 율리아와 함께 찍은 사진이 붙어 있었다. 이마에 '솔'과 '메이트'라는 글자 스티커를 하나씩 붙이고서.

나는 화면을 얼른 닫아 버렸다.

앗,
너드 경보

"오늘도 안 좋니?"

수요일 아침이었다. 방으로 들어온 엄마의 얼굴에 근심이 가
득했다.

"담임 선생님께 오늘도 결석할 거라고 전화할게. 그 대신 무엇
때문에 이러는지 엄마한테 사실대로 말해 줘, 마리에."

엄마가 내 뺨에 손을 얹었다. 손을 치울 기운도 없어서 그냥 눈
을 감았다.

"그게……."

목이 메어 왔다.

"에스펜이……."

목소리가 잔뜩 갈라졌다. 눈물을 참으려고 두 눈을 질끈 감았지만, 속눈썹까지 이미 차오른 후였다. 어떻게 할 틈도 없이 울음이 터져 나왔다. 엄마가 내 몸을 일으켜 꼭 안아 주었다.

"마리에, 세상에⋯⋯. 마리에."

나는 눈물이 다 마를 때까지 울고 또 울었다.

조금 진정된 후에야 엄마와 식탁 앞에 마주 앉았다. 나는 담요로 몸을 감싼 채 엄마가 내어 준 뜨거운 찻잔을 손에 들고 조심스레 입김을 호호 불었다.

"라이브 방송은 좋지 않아. 이렇게 예기치 못한 일이 생기거든. 엄마가 라이브 방송을 하지 않는 것도 그것 때문이야."

엄마가 새로운 티백을 꺼냈다.

"그런데 방송 중에 이야기의 주인공을 밝힌 건 네가 아니라며? 그건 헤디가 말한 거잖아?"

"어쨌든 처음에 말을 꺼낸 건 저예요. 그게 바로 문제라고요."

나와 엄마는 동시에 한숨을 쉬었다.

"에스펜과 이야기를 다시 해 봐야 하지 않을까? 미안하다는 말은 했어?"

"다시는 볼 일 없을 거라는 아이한테 어떻게 미안하다는 말을 해요?"

"이해해, 마리에. 하지만 시간이 무작정 해결해 주지는 않을 거야. 에스펜은 너를 아주 많이 아끼니까 그 마음을 믿어 봐."

엄마가 내 눈을 가만히 바라보며 덧붙였다.

"그 전에……, 일단 너 자신을 용서해야 돼. 용서는 스스로에게 줄 수 있는 가장 큰 선물이거든."

"세상에……. 엄마! 그게 먼저가 아니잖아요!"

내가 빽 하고 소리를 내지르자 엄마가 콧잔등을 찌푸렸다.

"알았어, 알았다고. 당연히 에스펜에게 용서를 받는 게 먼저지. 방금 했던 말은 실수야. 좀 빗나간 조언이었어."

엄마는 조심스레 미소를 짓고는 찻잔에서 티백을 건져 올렸다. 그리고 다시 말문을 열었다.

"네가 에스펜을 좋아한다는 걸 그 애도 알고 있니?"

나는 고개를 저었다.

"아니요, 모를 거예요."

"만약 에스펜이 네 마음을 알게 되면 네가 왜 그랬는지 좀 더 이해할 수 있지 않을까?"

엄마의 말끝이 흐려졌다.

"누군가를 짝사랑한다는 건 세상에서 가장 고통스러운 일이야. 항상 제정신이 아닌 것 같은 느낌이거든."

엄마는 홍차에 우유를 붓고 몸을 일으켰다. 그리고 식탁을 빙 둘러 내 옆으로 왔다.

"소꿉친구로 지내 온 아이를 짝사랑한다는 건 더더욱 그렇겠지. 마리에, 네가 얼마나 힘들었을지 충분히 이해해."

엄마가 내 뺨을 살며시 쓰다듬었다. 나는 엄마의 따스한 손에 얼굴을 묻었다.

"모든 게 예전으로 되돌아갔으면 좋겠다는 생각뿐이에요."

"한쪽 문이 닫히면 다른 쪽 문이 열릴지도 몰라."

그건 너무 희망적인 말 같았지만, 어쨌든 위로가 되기는 했다.

"그나저나 과제는 어떡하죠? 이제 영상 같은 건 찍고 싶지 않은데……."

"너드는 이제 잊어버려!"

"하지만 엄마도 제 영상을 좋아하셨잖아요?"

"그래, 그랬지. 그건 영상을 찍는 네가 즐거워 보였기 때문이야. 우리가 비슷한 일을 한다는 게 뿌듯하기도 했고. 또, 네가 더 이상 엄마의 블로그를 바보 같다고 생각하지 않을 것 같았어."

나는 어색하게 미소를 지었다.

"그렇게 생각한 적 없어요. 아니……, 솔직히 말하면 조금은 그런 생각을 했던 것 같기도 하고……."

엄마가 장난스럽게 눈을 흘기며 두 팔로 나를 꼭 안았다.

"엄마는 네가 무엇을 하든 상관없어. 단지 그 일이 너 스스로 원해서 즐겁게 할 수 있는 일이길 바랄 뿐이야."

그리고 내 어깨를 살짝 밀어 눈을 맞추고서 이렇게 덧붙였다.

"마리에, 엄마는 네가 그 누구도 아닌 너만의 모습으로 살아갔으면 좋겠어. 다른 모습으로 살아가는 사람들의 자리는 이미 다

찼으니까."

나는 웃음을 터뜨렸다.

"맙소사! 엄마는 도대체 명언을 몇 개나 외우고 계신 거예요?"

"글쎄, 한번 세어 봐."

엄마가 찡긋 윙크를 하며 웃음을 터뜨렸다.

나는 나만의 모습으로 살아가는 게 맞다. 그 누구도 아닌 나만의 모습으로. 결코 쉬운 일은 아니지만 이제는 홀로 서야만 한다. 더 이상 누군가에게 기대어 나를 표현할 수는 없으니까.

사흘 만에 맞은 첫 수업은 체육이었다. 지난주 내내 비가 와서 길이 미끄러웠지만, 체육 선생님은 전혀 개의치 않았다. 예정대로 숲에서 달리기를 할 거라고 했다. 나는 체육복을 갈아입기 위해 탈의실로 들어갔다.

예상은 하고 있었지만, 역시나 내게 말을 거는 아이는 한 명도 없었다. 귓속말을 하는 아이, 코웃음을 치는 아이……. 눈이 마주치려고 하면 모두 어색하게 시선을 피하며 다른 곳을 바라보았다. 그사이에 내가 한 짓을 모두가 알게 된 모양이었다.

그때 탈의실로 들어오는 헤디와 눈이 마주쳤다.

"앗, 너드 경보!"

헤디의 등 뒤에 서 있던 율리아가 키득대며 말했다. 나는 얼른 시선을 돌렸다. 두 사람이 무슨 말을 하든 신경 쓰지 않겠다고 단단히 마음을 먹었다. 절대 신경 쓰지 않을 거야, 절대로.

"율리아, 수학 과제를 해야 하는데 좀 도와줄래?"

"물론이지."

헤디가 재킷을 벗어 캐비닛에 넣으며 말을 꺼냈다.

"네게 친구 한 명이 있었어. 그런데 최근에 친구 두 명을 새로 사귀었다면, 네 친구는 모두 몇 명이지?"

율리아가 씩 웃었다.

"세 명이지."

"맞아. 하지만 너는 위선자야. 아주 이기적인 목적 때문에 원래 알던 친구를 배신했거든. 그런데 새로 사귄 친구 두 명에게 그 모습을 들키게 된 거야. 그렇다면 지금은 친구가 몇 명일까?"

율리아가 잠시 생각에 잠긴 척했다. 나는 두 사람의 말을 계속 못 들은 척했다.

"음, 그 경우엔 친구가 없다고 해야 하지 않을까?"

"그렇지?"

헤디가 내게로 고개를 돌렸다.

"나도 정답은 0명이라고 생각해. 친구가 하나도 없다니⋯⋯. 참 슬픈 일이야, 그렇지?"

나는 아무렇지 않은 척하고서 운동화 끈을 묶은 뒤 의자에서 몸을 일으켰다. 하지만 마음속으로는 얼른 그곳을 벗어나고 싶었다.

"위선자의 삶은 바로 그런 거야."

문을 나서는 내 등에 헤디의 말이 날카롭게 날아와 꽂혔다. 뒤늦게 닫힌 문소리가 복도에 부딪히며 메아리를 만들었다.

나는 잠시 제자리에 서서 숨을 골랐다. 그리고 한 발 한 발 앞으로 내딛었다. 운동장으로 향하는 걸음이 점차 빨라졌다. 어느 순간, 나는 달리고 있었다.

복도와 체육관을 통과했다. 스톱워치를 들고 서 있는 체육 선생님까지 순식간에 지나친 후, 학교 뒤 오솔길로 접어들었다. 미끈미끈한 돌멩이와 나무뿌리를 밟고 숲을 한 바퀴 돈 다음, 선생님이 있는 출발 지점으로 되돌아왔다. 숨이 턱 끝까지 차올랐다.

"신기록이야, 마리에!"

체육 선생님이 스톱워치를 치켜들며 함박웃음을 지었다. 하지만 나는 멈추지 않고 계속 달렸다.

샤워기에서 나오는 차가운 물이 머리와 얼굴을 적셨다. 머리는 무겁고 턱은 뻣뻣했다. 도저히 가라앉지 않는 화 때문에 온몸이 갈기갈기 찢어지는 듯한 기분이었다. 어떻게든 밖으로 소리를 내어 지르지 않으면 그 감정들이 나의 내면을 산산이 부수어 버릴 것만 같았다.

물을 잠그고도 한참이나 샤워실에 서 있었다. 한기가 돌았다. 숨소리가 차분해지더니 규칙적으로 바뀌었다. 뭘 해야 할지 드디어 생각이 정리되었다. 일단 헤디를 찾아내야 했다.

헤디는 중앙 현관에 있었다.

"헤디!"

나는 그곳에 있던 아이들이 모두 들을 수 있을 만큼 큰 소리로 헤디를 불렀다. 이번에는 절대로 물러서지 않으리라.

밀크셰이크를 마시던 헤디가 고개를 돌렸다.

"뭐야? 나한테 아직 볼일이 남았니, 너드?"

아이들이 일제히 우리를 돌아다보았다. 사방이 쥐 죽은 듯 고요했다. 나는 헤디를 똑바로 쳐다보면서 그쪽으로 성큼성큼 다가갔다.

"아까 나한테 위선자라고 그랬지? 그런데 위선자는 내가 아니라 바로 너야."

헤디가 어이없다는 듯 코웃음을 쳤다.

"갑자기 그게 무슨 소리야?"

"위선자는 내가 아니라 바로 너라고!"

"글쎄, 다른 아이들은 그렇게 생각하지 않을 것 같은데?"

헤디의 입꼬리가 더욱 비뚤어졌다. 용기가 점점 사라지는 것 같았지만 나는 애써 호흡을 가다듬으며 또박또박 말했다.

"마음에도 없는 '좋아요'를 누르고, 앞에서는 친한 척하다가도 뒤돌아서면 온갖 험담을 하고……. 네가 올린 그 멍청이 같은 사진과 글이 세상에서 최고인 줄로만 아는…… 너야말로 진짜 위선자라고!"

혜디의 얼굴이 살짝 굳어졌다.

"네가 '좋아요'를 누르는 건 사람들과 친한 척하는 게 도움이 되기 때문이라며! 너한테 의미 있는 건, 감동적이거나 교훈적인 이야기가 아니라 '좋아요'의 개수뿐이잖아?"

나는 잠시 숨을 고르고 나서 마지막으로 쐐기를 박았다.

"너는 나를 친구로 생각하지도 않으면서 친구인 척했어. 내 인기를 이용하려고! 그게 바로 네가 위선자라는 증거야."

혜디의 눈동자가 흔들렸다. 분명히 그랬다. 하지만 혜디는 생각보다 훨씬 더 뻔뻔했다.

"나는 그런 말 한 적 없어. 그리고 소꿉친구의 비밀을 공개적으로 까발린 네가 할 소리는 아니지 않아?"

"그걸 말한 건 내가 아니라 바로 너였어, 혜디! 이야기의 주인공이 누구인지 유추한 것도 너였고, 라이브 방송에서 단서를 던진 것도 바로 너였잖아. 아무에게도 말하지 않고 비밀을 지키겠다고 약속했으면서!"

목소리가 바들바들 떨렸다. 하지만 끝까지 말을 뱉어 냈다. 내가 이렇게까지 나올 줄은 몰랐는지, 혜디는 입을 쩍 벌린 채 눈동자를 이리저리 굴렸다.

"대체 무슨 헛소리를 하는 건지……. 못 들어주겠네, 정말!"

혜디가 자리를 피하려는 듯 휙 돌아섰다. 더 이상 참을 수가 없었다. 모든 책임을 나한테 떠넘기는 걸로도 모자라, 벼랑 끝까지 내모는 행동을 더는 지켜만 보지 않을 생각이었다. 이젠 헤디가 내 말을 들을 차례였다.

정신을 차리고 보니, 내 손은 이미 헤디의 머리카락을 한 움큼 거머쥐고 있었다. 나는 손아귀에 힘을 주어 머리칼을 힘껏 잡아당겼다.

그런데 그 순간, 생각지도 못했던 일이 벌어졌다. 손에 잡아챈 헤디의 머리카락이 뭉텅이째 쑥 빠져서 딸려 나왔던 것이다.

"아얏!"

헤디가 비명을 지르며 나를 돌아보았다.

"너 미쳤어? 이게 무슨 짓이야?"

순간, 온몸이 굳었다. 아무 말도 하지 못했다. 절반 이상이나 되는 머리카락을 손에 쥔 나도 놀라긴 마찬가지였다. 그러니까 헤디의 머리카락 중 절반이 가짜였다는 거야……?

그제야 헤디도 사태를 파악한 것 같았다. 내 손에 있는 머리카락 뭉치를 보고는, 휑하니 비어 버린 머리를 한참이나 더듬더니 별안간 불같이 화를 냈다.

"율리아……, 율리아! 저거 얼른 뺏어!"

헤디가 귀를 찢을 듯 날카로운 목소리로 외쳤다. 율리아가 헤디의 머리카락을 빼앗기 위해 내게 몸을 던졌다. 나는 필사적으로 두 손을 높이 치켜들며 율리아를 이리저리 피했다.

"마리에! 정말 이러기야?"

붉으락푸르락해진 헤디의 얼굴은 가히 가관이었다.

"얼른 그거 돌려줘!"

율리아가 껑충껑충 뛰면서 머리카락을 낚아채려고 했다.

"얼른! 헤디의 머리카락을! 돌려 달라고!"

심지어 고래고래 소리를 지르기까지 했다. 헤디가 아차 싶었는지 입 다물라고 신호를 보냈지만 아무 소용이 없었다. 아이들의 시선은 이미 이곳에 고정된 상태였다. 접착제로 붙인 듯 내 손에 딱 달라붙어 있는 헤디의 반짝이는 가발에.

"잘됐네."

나는 헤디의 머리카락을 돌돌 말아 주머니에 넣으며 말했다.

"이참에 새로운 가발을 사는 게 어때? 붉은색을 추천할게."

'가발'이라는 단어를 꺼내는 내 목소리가 낯설 정도로 차분했다. 웬일로 이렇게 떨리지 않는지 나로서도 이유를 알 수 없었다.

주변이 고요했다. 입을 떼는 아이는 한 명도 없었다. 나는 몸을 돌려 중앙 현관문을 열었다. 그리고 망설임 없이 그 공간에서, 그리고 헤디로부터 벗어났다. 내 주머니에는 헤디의 머리카락이 들어 있었고, 심장은 오랜만에 아주 규칙적으로 뛰고 있었다.

모두 삭제,
그리고 새로 고침

중앙 현관에서 있었던 일을 누군가가 찍어 인터넷에 올렸다. 그 덕분에 나는 다시 유명해졌다. 원하는 방향은 아니었겠지만, 헤디도 마찬가지였다. 우리의 싸움은 인터넷상에서 '#팀 너드', '#팀 헤디'라는 해시태그를 달고 번져 나갔다.

어떤 아이는 내가 쏘아붙인 말에 멜로디를 붙여 패러디하기도 했다.

'위선자는 바로 너야. 위선자는 바로 너, 위이-서언-자아는 바로바로 너야······.'

혹시 에스펜이 그 영상에 '좋아요'를 눌렀는지 확인해 봤지만 그런 흔적은 찾을 수 없었다.

휴대폰을 내려놓고 공책을 꺼냈다. 거기에는 내일 있을 과제 발표회 때 발표할 글이 정리되어 있었다. 나는 스톱워치를 켠 뒤, 문장을 또박또박 읽어 내려갔다.

맨 처음 내 구독자 수는 0이었다. 그러다 3,500명까지 올라갔고, 지금은 2,400명을 유지하고 있다. 유명 유튜버와는 비교할 수도 없이 적은 수지만, 활동 기간에 비해서는 꽤 많다고 할 수 있다……

스톱워치를 확인했다. 2분 30초. 그간의 길고 긴 날들을 모두 정리했는데, 고작 이것뿐이었다. 가슴속에 남아 있는 말을 모두 하는 데 걸린 시간이 겨우 2분 30초라니.

솔직히 잘 모르는 아이들 앞에서 보이지 않는 뒷이야기까지 자세히 하고 싶지는 않았다. 하지만 그건 내 인생에서 가장 중요한 일이었다. 가끔은 선택의 여지가 없는, 그러니까 싫어도 꼭 해야만 하는 일과 맞닥뜨리는 때가 있는 법이다.

다음 날, 옆 반 문 앞에 섰다. 교실 문을 열고 들어가는 일이 이렇게 힘들었던 적이 또 있을까. 저 안에 에스펜이 있다고 생각하자 더더욱 그랬다. 발길을 돌리고 싶은 마음이 스멀스멀 피어났다. 하지만 이제 와서 그럴 수는 없었다. 나는 도망치고 싶은 마음을 억누르고 조심스레 손잡이를 당겼다.

"자, 이번 시간에는 특별한 손님들을 초대했어!"

클라스 선생님이 교탁을 벽 쪽에 붙여 공간을 만들었다.

"오늘은 두 반이 함께 수업을 할 거야. 좀 비좁겠지만 즐겁게 수업할 수 있도록 모두 협조해 주길 바란다."

교실에 들어서자 가장 먼저 에스펜이 보였다. 눈이 마주쳤지만 아무 말도 하지 않았다. 나는 조용히 문 옆에 있는 빈자리에 앉았다. 바로 옆에 문이 있다는 사실이 아주 조금 위로가 되었다. 물론 도망칠 생각은 없었지만.

시간이 흘러 어느덧 내 차례가 되었다. 천천히 몸을 일으켜 교실 앞으로 갔다. 걸음을 옮길 때마다 누군가가 발목을 잡아당기는 것 같았다. 무릎의 힘도 쭉쭉 빠졌다.

나는 교탁 앞에 선 다음 천천히 고개를 들었다. 마침 중앙에 앉아 있는 이딜이 눈에 들어왔다. 이딜에게 눈을 고정하고서 말문을 열었다.

"여기 있는 학생들 대부분이 내가 올렸던 영상을 봤을 거라고 생각해. 어……, 그러니까 '너드' 말이야."

어디선가 작게 웃음이 터져 나왔다. 하지만 대부분은 반응하지 않았다. 이딜이 힘내라는 듯 미소를 지었다. 나는 에스펜에게로 시선을 돌렸다. 에스펜의 머리칼은 다시 보라색으로 바뀌어 있었다. 에스펜에게 가장 잘 어울리는, 초록색 눈동자를 더욱 반짝이게 만드는 예쁜 색으로.

"선생님께서는 오늘 프로젝트의 진행 과정과 결과에 대해 발표하라고 하셨지만, 나는 조금 다른 이야기를 하려고 해."

나는 노트북을 켜서 빔 프로젝터에 연결했다. 프로젝터 화면이 한 장의 사진으로 꽉 채워졌다. 내 앞에 서 있는 에스펜과 그 뒤에서 머리 위로 브이를 그리고 있는 나……. 초등학교의 마지막 여름방학 때 찍은 사진이었다.

우리는 바닷가에 있었다. 에스펜은 햇볕에 그을려 벌겋게 달아올라 있었고, 나는 습기를 잔뜩 머금고 부풀어 오른 잔머리 때문에 머리 꼴이 엉망이었다.

"나는 못하는 게 굉장히 많아. 하지만 유일하게 잘해 왔다고 생각한 것이 딱 하나 있어. 바로 누군가의 좋은 친구 역할이야. 오래전부터 난 사진 속의 이 친구와 둘도 없는 소꿉친구였어."

나는 손으로 사진을 가리켰다. 이따금 의자가 삐걱거리는 것 말고는 아무 소리도 들리지 않았다. 모두가 집중하고 있다는 것이 느껴졌다.

바로 지금이었다. 다들 알고 있지만 쉬쉬하며 귓속말로만 해 왔던 말을 내가 직접 뱉어 낼 때가 되었다. 시멘트 벽, 교실 바닥, 창밖의 나무처럼 모두가 보게 된 비밀 아닌 비밀, 그것은 하늘이 파란색이라는 사실처럼 반박할 수 없는 진실이기도 했다. 가장 아끼는 사람의 상처를 공개적으로 말해 버린 사람이 바로 나라는 진실…….

"나는 아주 짧은 시간에 많은 사람의 관심을 얻었어. 처음에는 하늘을 나는 것처럼 마냥 기뻤지. 그러다 보니 내 자리로 돌아오지 못할 만큼 멀리 가 버린 것 같아. 왜 이렇게까지 되었는지는 나도 잘 모르겠어. 그냥……, 어쩌다 보니 이렇게 변했어. 그중에서 가장 후회되는 일은 내 오랜 친구를 배신했다는 거야."

순간, 속에서 울컥하는 감정이 치밀었다.

"그 친구 입장에서는 너무 일방적이고 불공평한 상황이었어."

슬그머니 시선을 내리까는 에스펜의 모습이 보였다.

"그건 분명히 내 잘못이야. 할 수만 있다면 백 번이고 천 번이고 시간을 되돌리고 싶어. 영상을 삭제하는 것처럼 그 일도 깨끗이 지워 버리면 좋겠지만, 그건 불가능하겠지."

나는 눈을 들어 에스펜을 똑바로 바라보았다. 에스펜은 여전히 고개를 떨군 채 자신의 두 손만 내려다보고 있었다.

"미안해. 내가 잘못했어."

어렵사리 나온 말이 내 입과 교실 안을 가득 채웠다. 심장이 어느 때보다 훨씬 무겁게 느껴졌다. 나는 화면을 끄고 클라스 선생님을 돌아보았다.

"제가 할 말은 이게 전부예요."

교실 안에 정적이 감돌았다. 선생님이 자리에서 일어나 헛기침을 했다.

"어……, 음……. 정말 감동적이구나, 마리에. 고맙다. 여러분,

마리에에게 큰 박수를."

모두가 나와 에스펜을 번갈아 흘깃거리며 어색하게 박수를 쳤다. 그때 쉬는 시간을 알리는 종이 울렸다. 아이들이 너도나도 일어나 가방을 챙겼다. 클라스 선생님의 얼굴에 안도하는 표정이 스쳤다.

"다들 월요일에 보자!"

아이들이 차례차례 교실을 빠져나갔다. 잠깐 망설이는 듯하던 에스펜도 이내 교실 밖으로 사라졌다.

교실에 남아 있는 사람은 나와 클라스 선생님뿐이었다. 선생님이 줄무늬 스웨터를 살짝 잡아당기며 헛기침을 했다.

"마리에……, 혹시 이 일에 관해서 상담이 필요하니?"

나는 아무 대답도 하지 않았다. 더는 하고 싶은 말이 없었다.

"선생님은 그런 일이 있었는지 전혀 몰랐어……. 겉으로 드러난 것만으로는 내막까지 알 수 없을 때가 많지. 특히……, 음……, 온라인상에서는 더더욱 그렇단다."

나는 고개를 끄덕였다.

"필요하다면 언제든 찾아와."

선생님이 교실을 나섰다. 나는 가장 마지막으로 교실을 빠져나갔다.

집에는 아무도 없었다. 엄마는 팟캐스트 녹음 때문에 저녁 늦게나 돌아올 거라고 했다. 덕분에 조용한 집에서 오랜만에 혼자 있게 되었다.

주변이 고요해서 그런지, 복잡했던 머릿속이 차츰 가라앉았다. 나는 가방을 내려놓으며 머리칼을 묶었던 머리끈을 풀었다. 헤디와 머리채를 잡았던 싸움 영상은 결국 선생님들 손에 들어갔고, 나는 그 일로 다음 주에 학생 부장 선생님과 면담을 해야 했다. 예전 같았으면 불안감으로 떨었겠지만, 지금은 전혀 그렇지 않았다. 그동안 꽤 많은 변화를 겪은 탓이리라.

방으로 들어와 휴대폰의 메모를 다시 열었다.

중학교에서 결코 일어나지 않았으면 하는 일

1. 에스펜과 다른 반이 되는 일

2. 헤디와 같은 반이 되는 일

3. 에스펜이 나 말고 다른 아이를 좋아하는 일

글자들을 꾹 눌러 모두 선택했다. 절대로 일어나지 않았으면 좋겠다고 바랐던 일들인데, 10월에는 모두 현실이 되었다. 나는 메모를 한 번 더 바라보았다. 지난 3월의 내가 화면 안에서 깜빡였다.

삭제. 이제 과거의 나는 더 이상 남아 있지 않았다. 마음이 홀가분해졌다.

깊게 생각하지 않고 마음 가는 대로 몸을 움직였다. 먼저 거울 앞에 놓인 빗을 집었다. 그리고 한참 동안 공을 들여 머리카락을 빗었다. 길게 늘어진 머리카락이 내 얼굴을 감쌌다. 앞머리는 언제나처럼 삐죽삐죽 선이 고르지 않았고, 색깔도 여전히 칙칙한 그대로였다.

다음에는 카메라 앱을 켰다. 그러고는 카메라에 얼굴이 다 담기도록 팔을 앞으로 쭉 뻗었다. 인상을 팍 써서 웃기게 만들까 하다가 생각을 바꾸었다.

나는 눈앞에 에스펜이 있다고 생각하면서 살짝 미소를 지었다. 너드 마리에도, 소심한 마리에도, 위선자 마리에도 아닌 바로 나, '그냥 마리에'로서 아주 자연스럽게.

찰칵, 그리고 전송.

에스펜에게서 답장이 오지 않을 수도 있다. 하지만 상관없었다. 그간 있었던 일들과 내가 한 짓을 생각하면 충분히 이해할 수 있었다. 솔직히 에스펜이 이 셀카에 어떤 답장을 보낼 수 있을까? 이건 그저 지루하고 평범한 얼굴이 담긴 사진일 뿐인데.

역시나 휴대폰은 한참 동안 울리지 않았다. 방에 휴대폰을 놓아두고 거실로 막 가려던 참이었다. 귀에 익숙한 소리가 들렸다.

핑! 내 책상 위에서 들려오는 작지만 큰 소리……. 메신저 알림음이었다.

에스펜은 언제나처럼 육교 옆에 서 있었다. 그러다가 내가 오는 것을 알아챘는지 노래를 부르기 시작했다. 예전처럼 큰 목소리는 아니었지만, 분명히 멜로디를 붙인 내 이름이었다.

"마아리이에에에—."

웃음이 터져 나왔다. 나는 에스펜 앞에서 걸음을 멈추고 주머니에 손을 넣었다. 해가 뉘엿뉘엿 기우는 시각이어서 그런지 날이 꽤나 추웠다.

에스펜이 숨을 깊이 들이마셨다.

"아까 발표 잘 들었어. 먼저 사과해 줘서 고마워."

"아냐, 뭘……."

"수업이 끝나고 바로 가려고 한 건 아닌데 그냥……, 무슨 말을 해야 할지 몰라서."

나는 어깨를 으쓱해 보였다.

"알아, 이해해."

"네가 보낸 사진도 잘 받았어. 예쁘더라."

에스펜이 작은 돌멩이 하나를 내 쪽으로 톡 찼다. 나는 발끝으로 그 돌멩이를 받았다.

"레아와 사귄다며? 축하해."

"……아직 익숙하지 않지만, 어쨌든 고마워."

에스펜의 눈을 바라보았다. 살짝 붉어진 얼굴을 아래로 떨구며 헛기침을 했다.

"사실 나도……, 좀 바보같이 굴었지?"

나는 고개를 가로저었다. 에스펜이 얼굴을 들고 한 발짝 다가와 내 뺨에 손을 올렸다. 아주 오랜만에 눈동자를 맞췄다. 그 안에 내가 다시 담기게 되었음을 알아챘다.

"미안했어."

에스펜이 나직이 말했다.

"내일 보자."

나는 에스펜의 사과에 작게 고개를 끄덕이고는 작별 인사를 건넸다. 에스펜도 고개를 끄덕였다. 주머니에 넣은 손을 한 번 더 꽉 쥔 뒤 먼저 등을 돌렸다. 에스펜은 내가 모퉁이를 돌 때까지 제자리에서 꼼짝도 하지 않았다.

바람이 몰고 온 서늘한 한기가 온몸을 훑고 지나갔다. 옷깃을 세우고 어깨와 목을 한껏 웅크렸다. 그사이 해는 져 버렸고, 순식간에 내려앉은 어둠 때문에 나무와 길과 발 그림자의 경계가 사라졌다. 너무 어두워서 아무것도 보이지 않는다고 생각한 순간, 가로등 불빛이 반짝 켜졌다.

어둠이 사라졌다. 집으로 돌아가는 길은 아주 밝고 환했다.

#좋아요의 맛

첫판 1쇄 펴낸날 2020년 9월 23일
3쇄 펴낸날 2021년 9월 28일

지은이 미나 뤼스타 **옮긴이** 손화수
발행인 김혜경 **편집인** 김수진
주니어 본부장 박창희
편집 길유진 진원지 강정윤
디자인 전윤정 정진희
마케팅 이상민 강이서
경영지원국 안정숙
회계 임옥희 양여진 김주연

펴낸곳 (주)도서출판 푸른숲
출판등록 2003년 12월 17일 제2003-000032호
주소 경기도 파주시 심학산로 10, 우편번호 10881
전화 031) 955-9010 **팩스** 031) 955-9009
홈페이지 www.prunsoop.co.kr **이메일** psoopjr@prunsoop.co.kr

ⓒ 푸른숲주니어, 2020
ISBN 979-11-5675-275-2 44850
      978-89-7184-419-9 (세트)

This translation has been published with the financial support of NORLA.
이 책은 노르웨이 문학 협회(NORLA)의 지원을 받아 출간되었습니다.